山本恩

如重
山本恩
やま もと おん

各位看官你們好。

Nice to meet you.

口妮雞挖~

你好，我是山本恩。

這是我的第一本小品漫畫集，在決定書名時尤其煞費苦心。在我和編輯努力集思廣益三分鐘（等等，說好的煞費苦心呢）後，最後決定的書名就是「恩重如山本恩」……啊、且慢，是「本恩重如山本恩重如……」呃，算了，書名的故事就先講到這好了，絕對不是作者也突然搞不清楚書名的關係。

本書重新整理了（曾在網路曝光和尚未發表的）我的數篇短篇漫畫，大多數由「事物本身」的角度，也就是擬人法來敘述這些故事。我很喜歡擬人化的故事，拿著筆作畫時常這麼想：被我握著的筆假設有生命的話，他是否被我掐得很難受？被我上畫的紙張，會覺得舒服還是很癢呢？當筆遇到紙的時候，他們是否會一見鍾情或大打出手……諸如此類。我享受去想像我們習以為常的生活環境中，裡頭也有許多我們看不到的小世界，在上演一齣又一齣的人生（或X生）劇場。

我把這些故事在此分享給你，不論你是誰，如果能從中找到一點共鳴，在未來的某一刻突然開始好奇「鉛筆盒裡的筆們相處愉快嗎？」「衣服跟熨斗第一次約會接吻就被燙死了？」這類的問題時，我會很開心的。

我對你們如此期待著。（但如果整天都煩惱著這種事情的話，可能
還是找親朋好友或輔導室的老師聊聊會比較好。）

感謝你購買此書！
感謝此刻在閱讀本書的你們！

目次

《開門見山 之章》

目次

Chapter. 矛盾君

有些人總是如此矛盾，言行不一、口是心非。
喜歡卻裝作不在意，憤怒仍強裝鎮定、壓抑自己。

啊，我可不是在說我自己，
我只是硬要先……想講點開場白。

獻給你們這個呃……
有點奇怪的，矛盾的故事。

這是一個……
矛盾的故事。

在某個小村子，有一天長矛和盾牌打架了。
嗚……別再打了……
可惡……好痛……
……
盾牌是大笨蛋！我再也不跟你玩了！

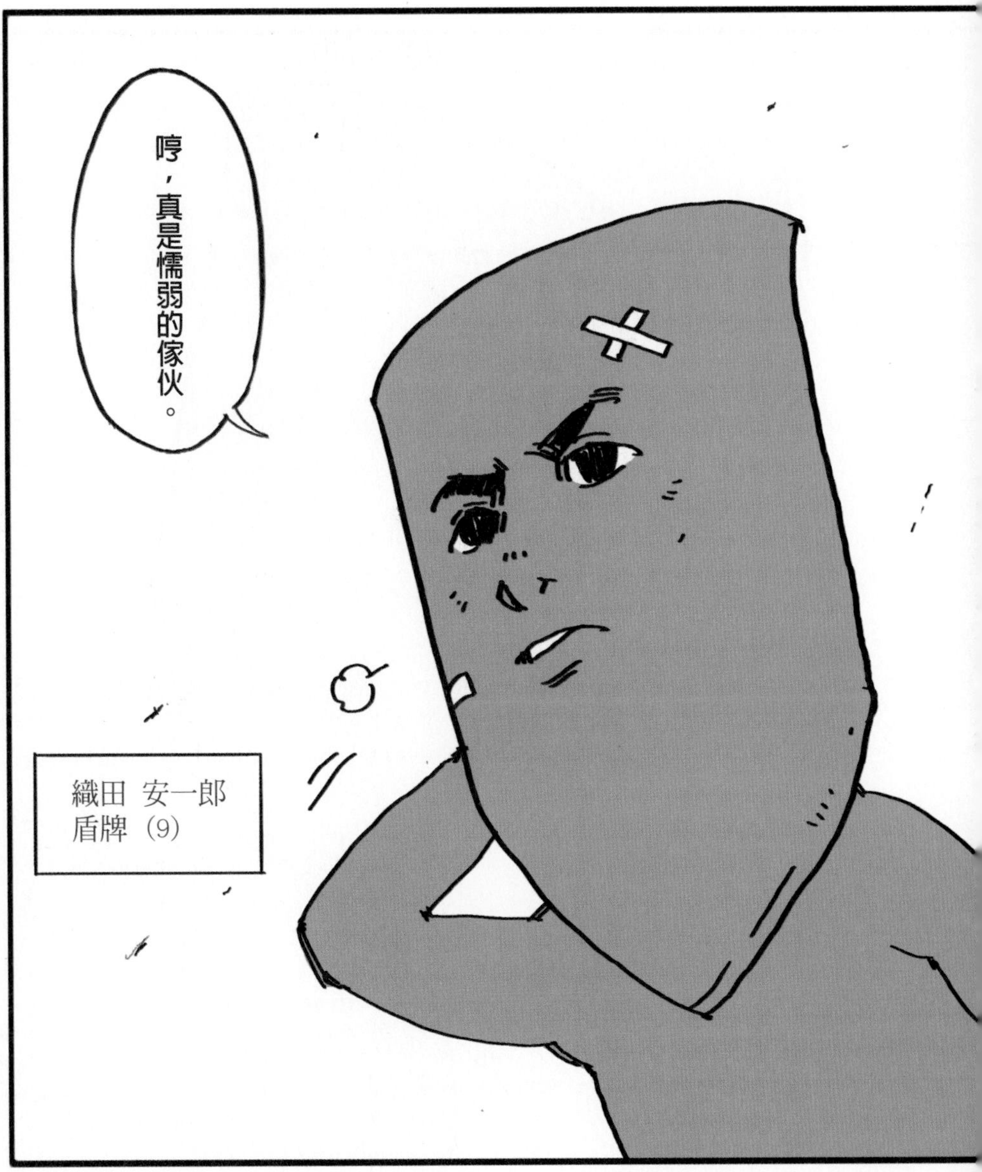
哼，真是懦弱的傢伙。
織田 安一郎
盾牌（9）

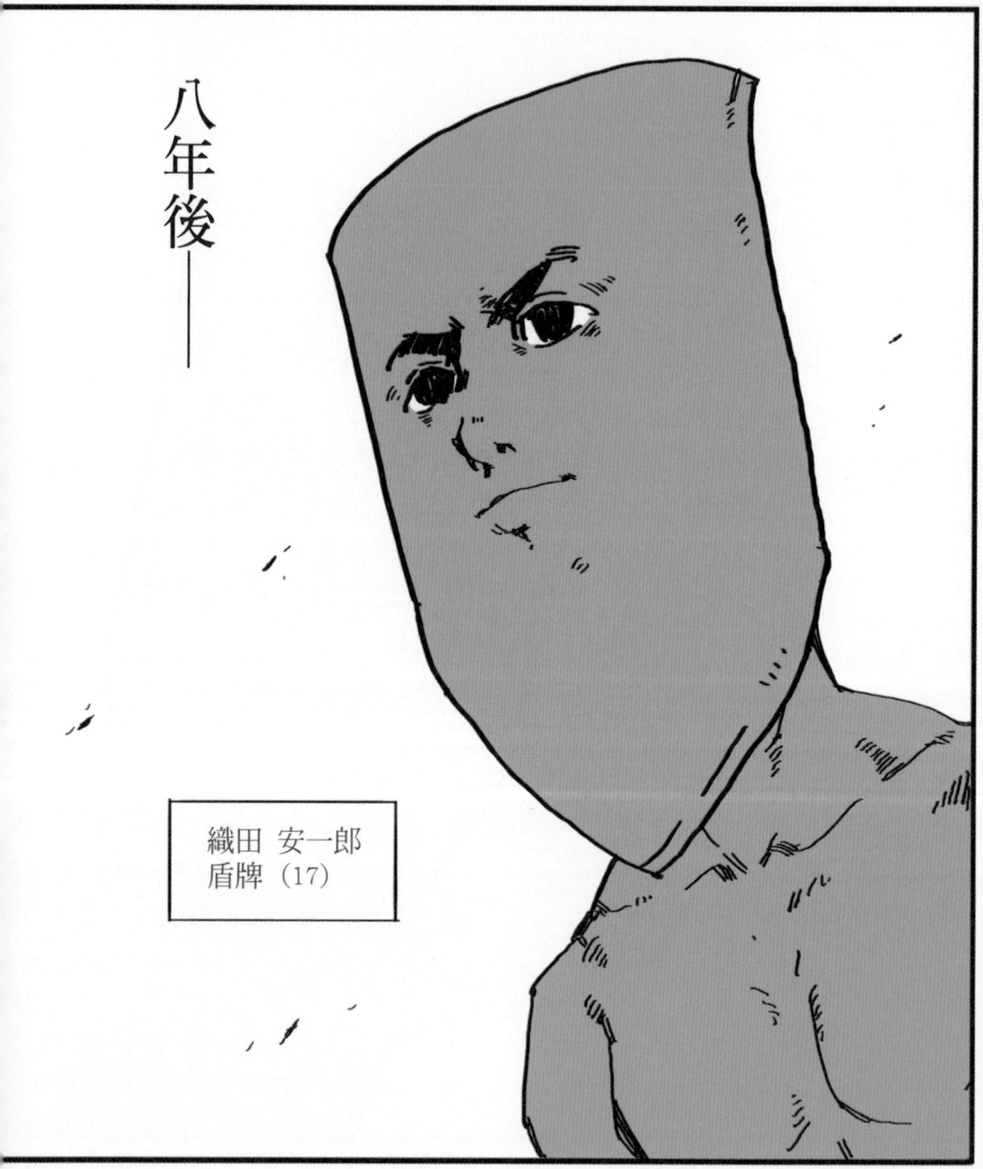
八年後——
織田 安一郎
盾牌（17）

矛與盾長大爲成熟的少年，
也成爲非常要好的朋友。

然而有件事一直困擾著長矛，
大概從青春期就開始了。

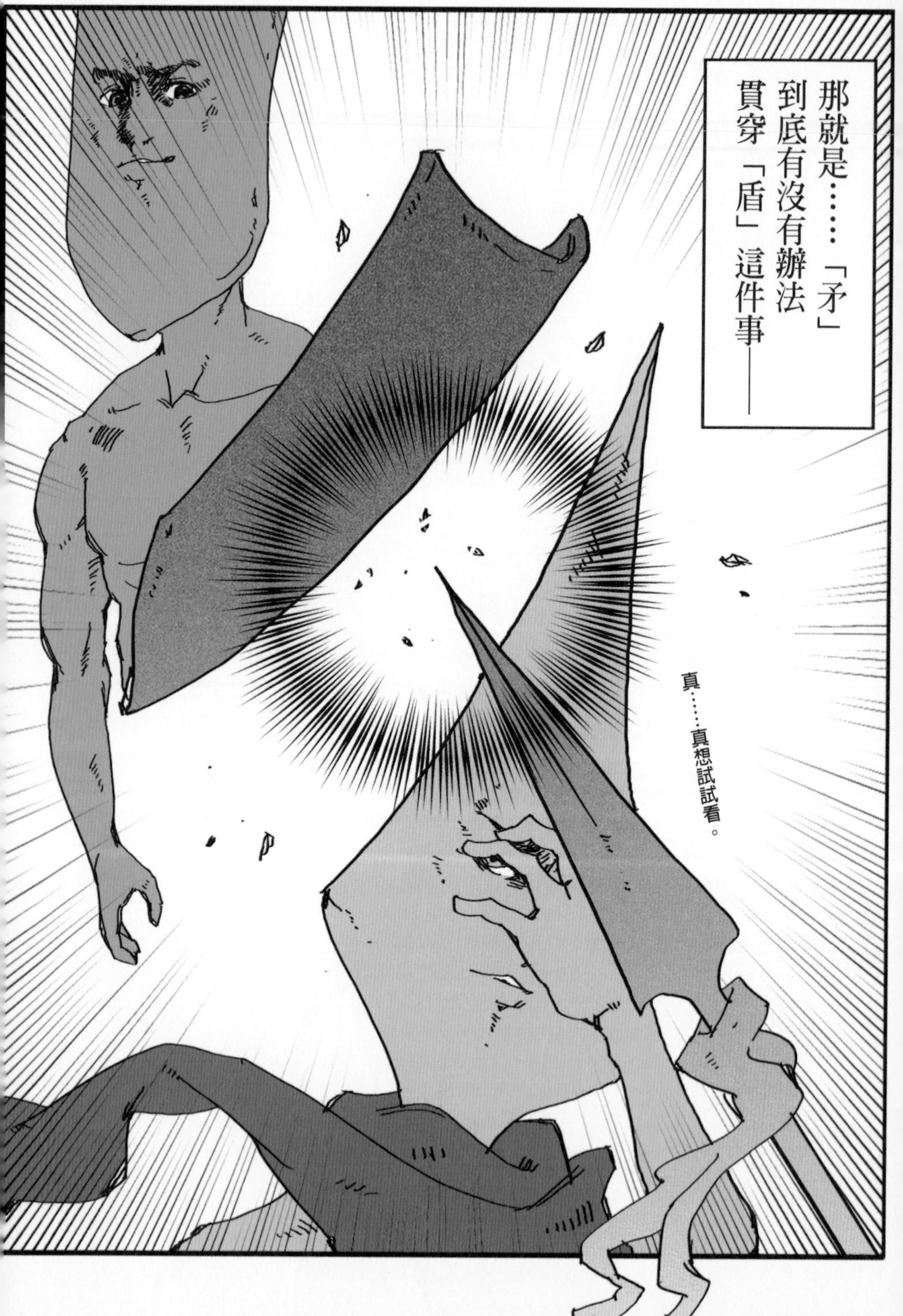
那就是……「矛」
到底有沒有辦法
貫穿「盾」這件事——
真……真想試試看。

終於有一天，
長矛下定了決心，
想找盾來確認這件事。
那個、我說
安一郎……
你可以……
讓我插一下嗎？
一下下就好。

真的只要插一下下就……
安、安一郎!?

開頭就是這樣的故事，
這本書眞的沒問題嗎!?
次回、兩人的友誼將……

 END

Chapter. 泡沫

肥皂被你我的雙手搓出泡沫
是這麼理所當然的事，
但我們似乎都沒注意到那泡沫底下的
小小哀歌。

這篇是有關肥皂的故事……什麼，
你問矛盾君的次回勒？
嗯，對不起，「次回」只是我……
因爲那種氣氛好像很適合講一下
所以就脫口而出了。

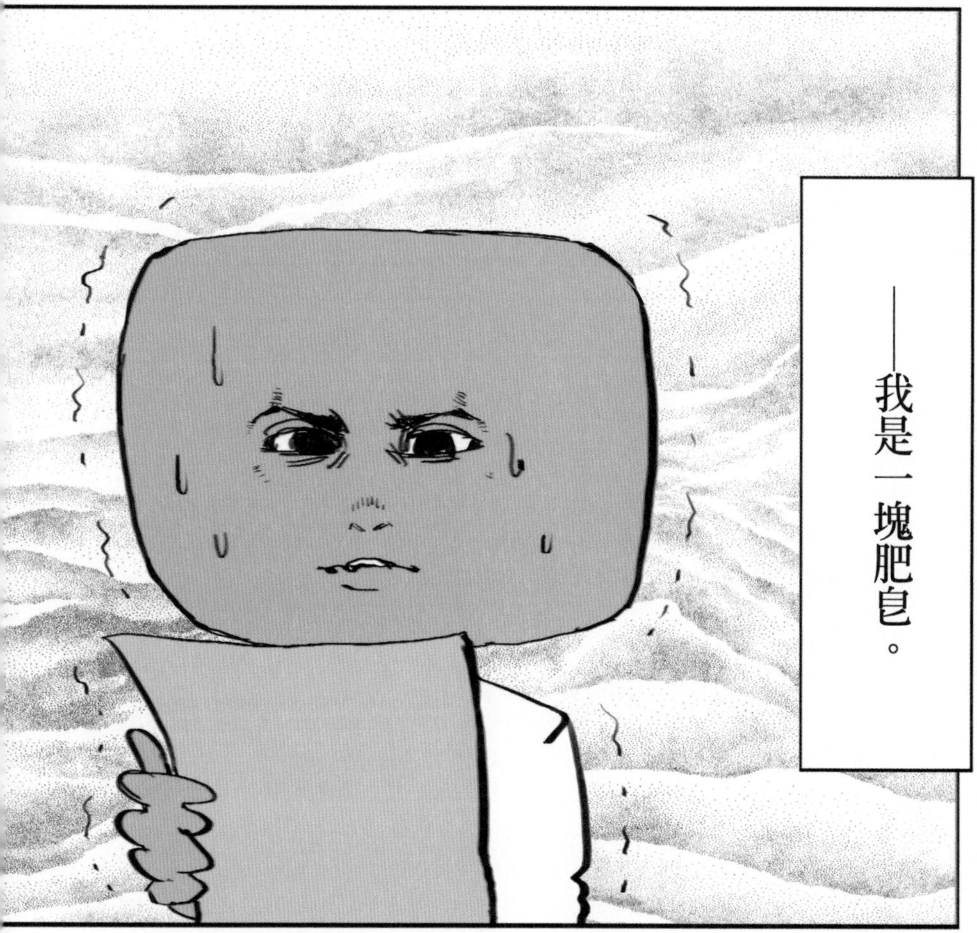
——我是一塊肥皂。

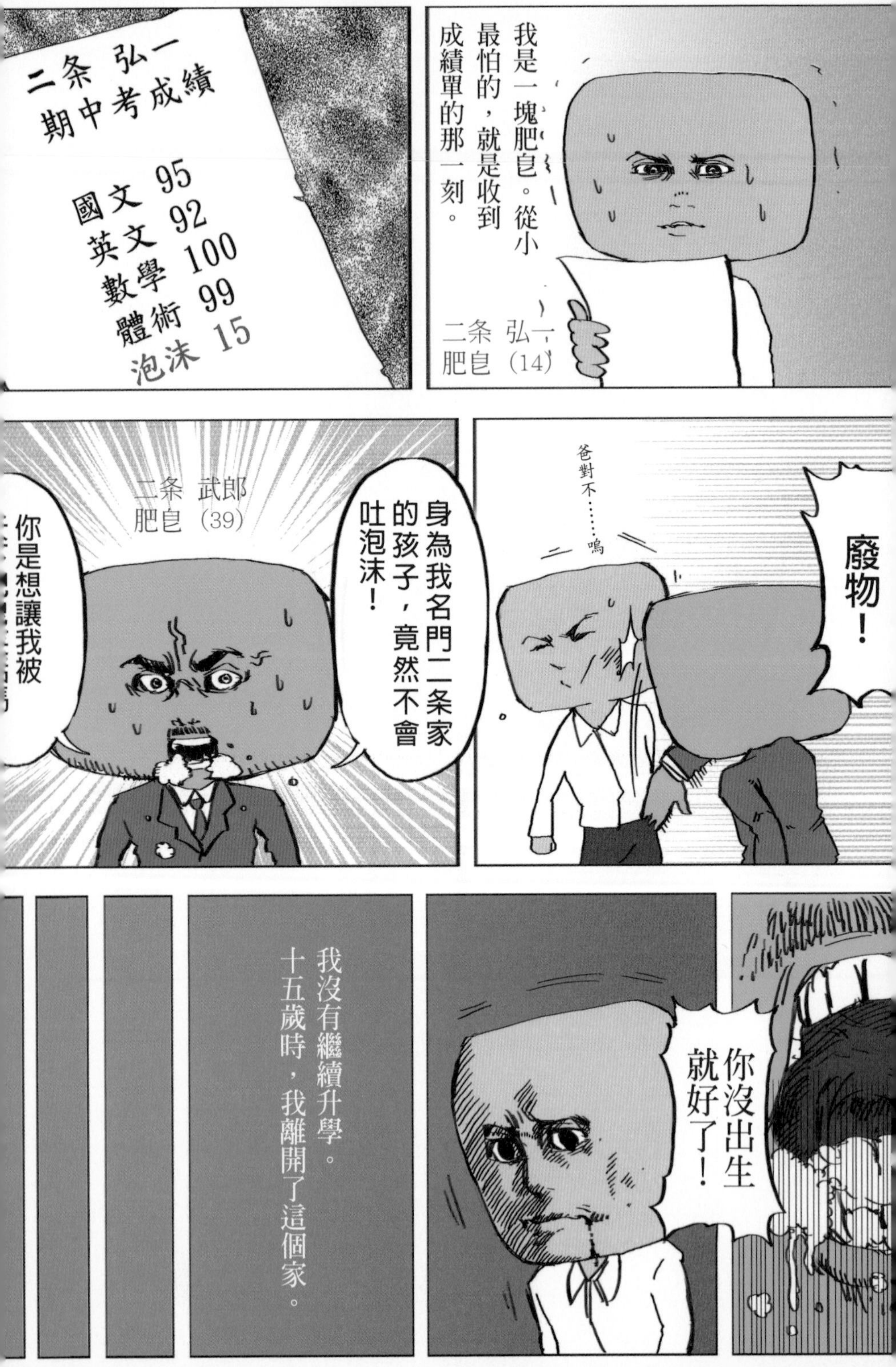
我是一塊肥皂。從小最怕的，就是收到成績單的那一刻。
二条 弘一
肥皂（14）
二条 弘一
期中考成績
國文 95
英文 92
數學 100
體術 99
泡沫 15
廢物！
爸對不……嗚
身為我名門二条家的孩子，竟然不會吐泡沫！
二条 武郎
肥皂（39）
你是想讓我被
你沒出生就好了！
我沒有繼續升學。
十五歲時，我離開了這個家。

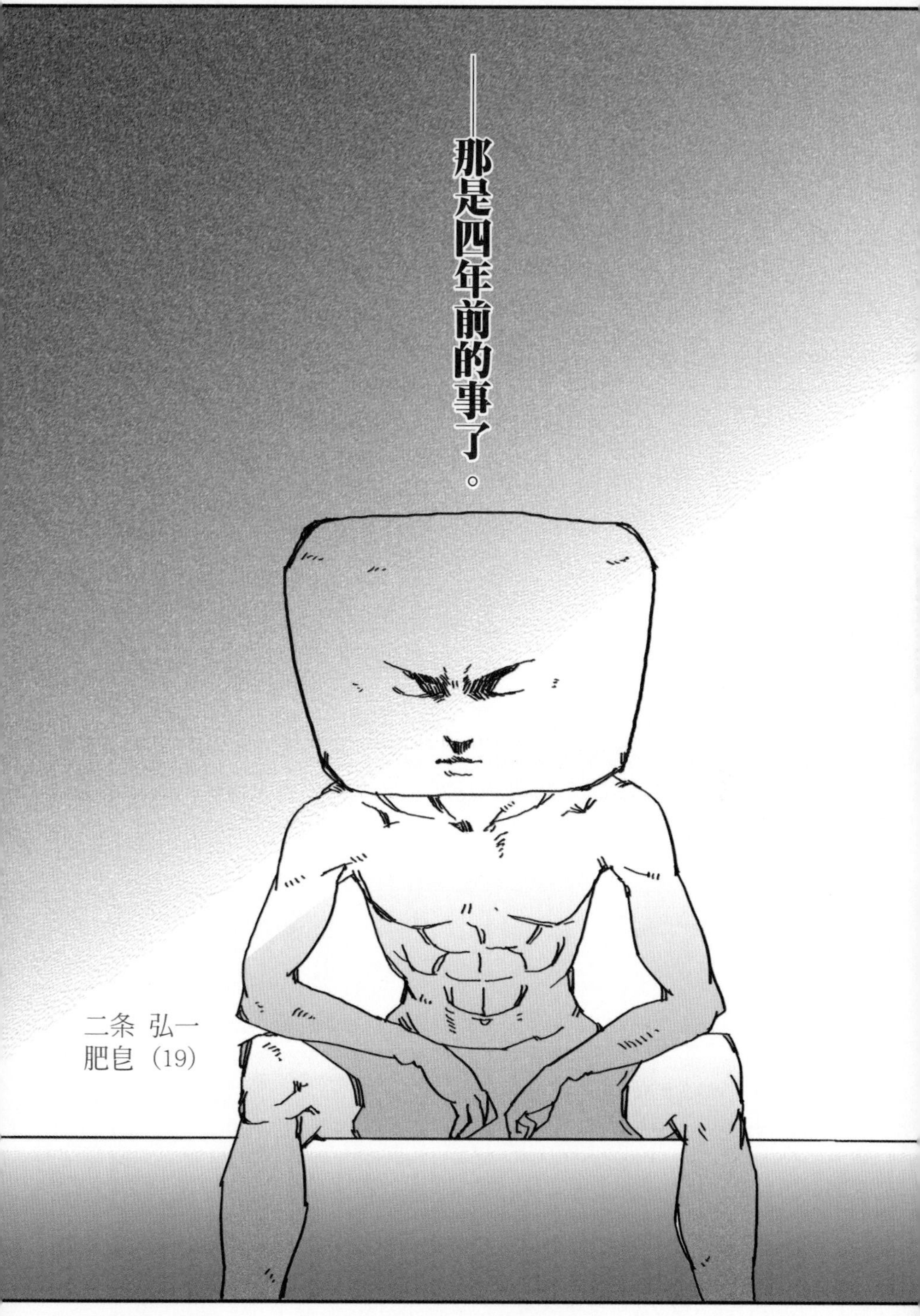
——那是四年前的事了。
二条 弘一
肥皂（19）

二条君，
該出場了。
好的。
請、請問
拳王賽……
應該還沒結束吧？
爸爸，你知道嗎？
我是職業拳擊手了。
雖然一年前就是了，哈哈。

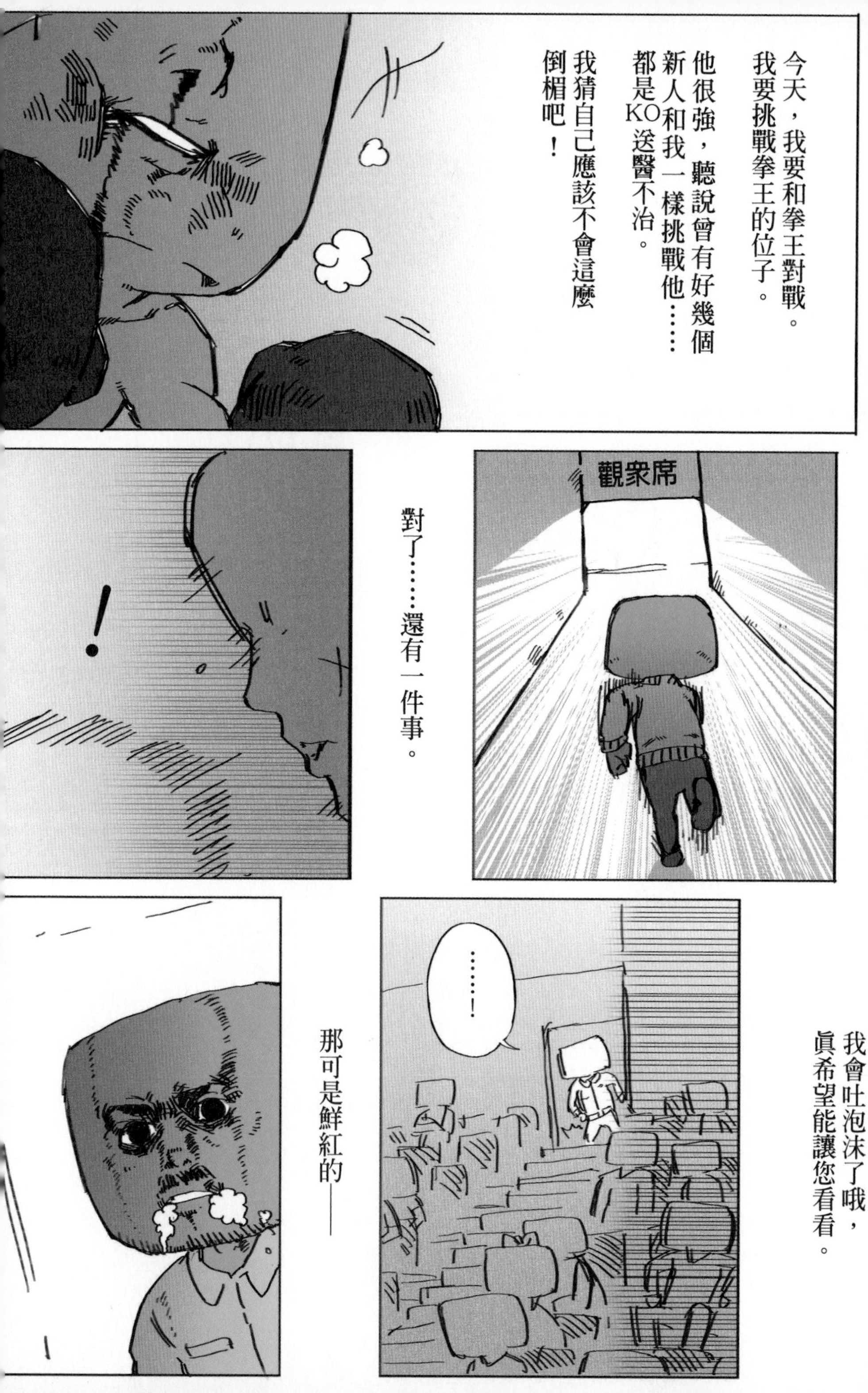
今天，我要和拳王對戰。
我要挑戰拳王的位子。
他很強，聽說曾有好幾個新人和我一樣挑戰他……都是KO送醫不治。
我猜自己應該不會這麼倒楣吧！
觀衆席
對了……還有一件事。
！
我會吐泡沫了哦，眞希望能讓您看看。
……！
那可是鮮紅的——

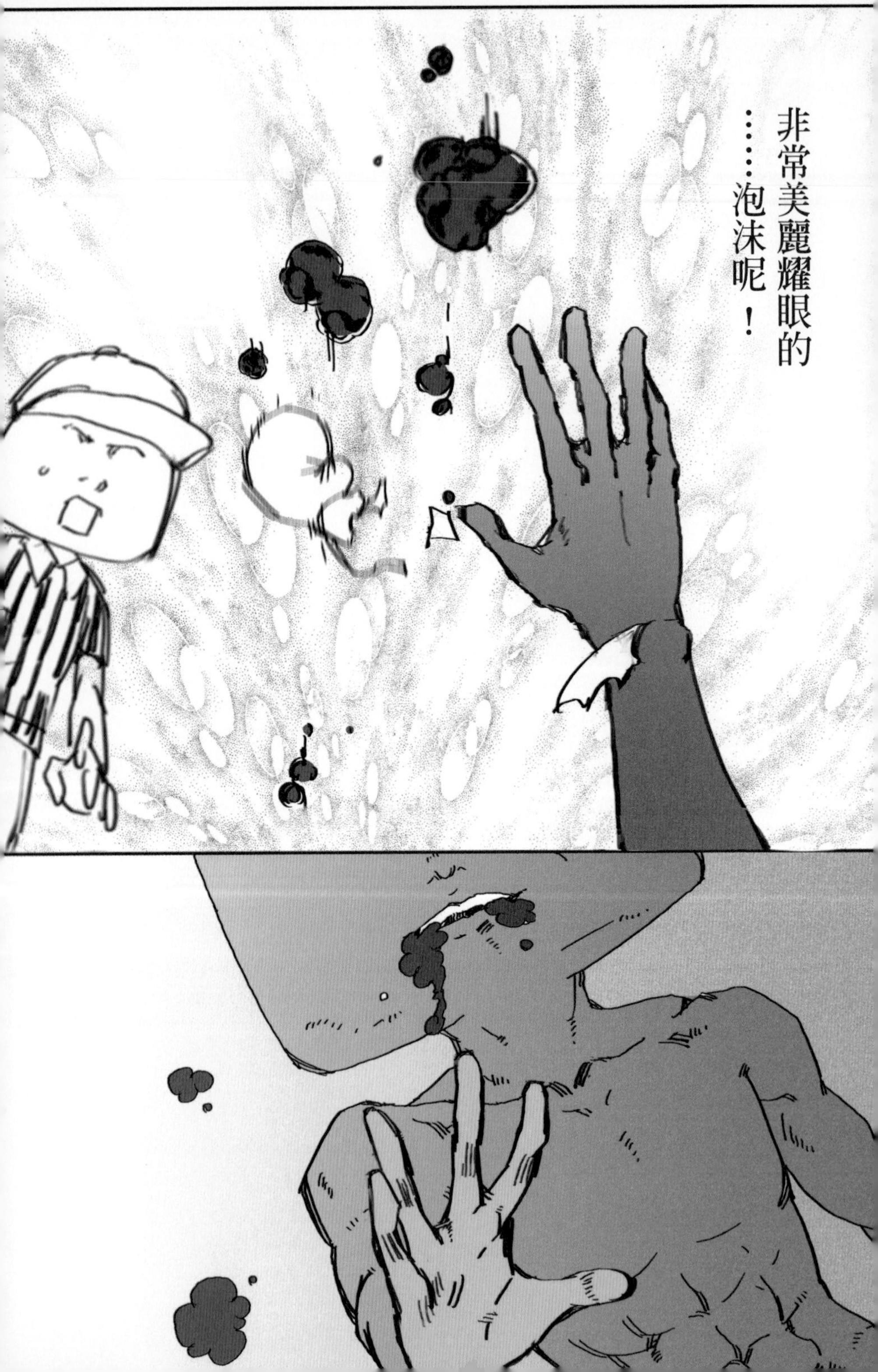
非常美麗耀眼的
……泡沫呢！

——爸爸，別再生我的氣了。

 END

Chapter. 獅子君 I

我深受日本漫畫薰陶。

我喜愛日本漫畫已經到了總是認眞幫角色取日本名字（話說回來，「山本」這名字倒是起得很隨便）、讓角色講一些「啊啊」、「嘛」之類的語助詞，還有故事結尾很愛亂用看起來很有一回事的「次回、blablabla……！」的程度。

好啦，我知道不常看日本漫畫的人，是不太可能知道我在「公三小」的。

小畑健是我非常喜歡的漫畫家之一。雖然在過了很久才回頭眞的品嘗完《棋魂》這部作品，總之「獅子君」的故事受了它很大的啓發。

我是一隻獅子，
我要來覓食了。

我是一隻獅子，
我現在要打獵了。
田中 慎
獅子（23）
那是我今天的獵物——
一隻刺蝟。
獅子對刺蝟使用了衝撞！
真是輕鬆啊！
嗯？
段證
速水 道三
職業圍棋院
八段
職業圍棋士？
八段？

看來你已經發現了呢。就如你所見，
速水 道三
刺蝟（53）
你不用圍棋打倒我的話……
我是不會讓你吃的唷！
那由我來猜先……
不必猜了。
你執黑子先攻吧！
嗯，我讓你十子好了。
分先、猜先是決定由誰執黑子先下的方式。刺蝟捨棄了先攻的機會還讓了十子之多，可見他對自己的實力極具把握。
——這傢伙……

我認輸了。
爲什麼？
……
只是一盤棋而已，
速水先生……真的很厲害呢！
真的……
很厲害，
真的……
我卻感到如此的——
不甘心！
真的……
好想贏。
——三年。

我會花三年鍛鍊你……到能夠跟我一較高下的程度！
三年後你能打敗我的話，讓你吃吃看也不是不行唷！
速水老師，
今後也請……多多指教了。
END

花椰菜母子。
媽媽，為什麼我長得和別人不一樣？
小健，媽媽對不起你。

Chapter. 羅馬花椰菜君

今年（2015）寒假這段時間我去了紐約。

一切都還不錯，但回程飛機上供餐出現了羅馬花椰菜。對我來說他長得有點……太噁心了。（有人是羅馬花椰菜迷嗎？有的話請不要摔書謝謝。）

我就是討厭羅馬花椰菜啦！

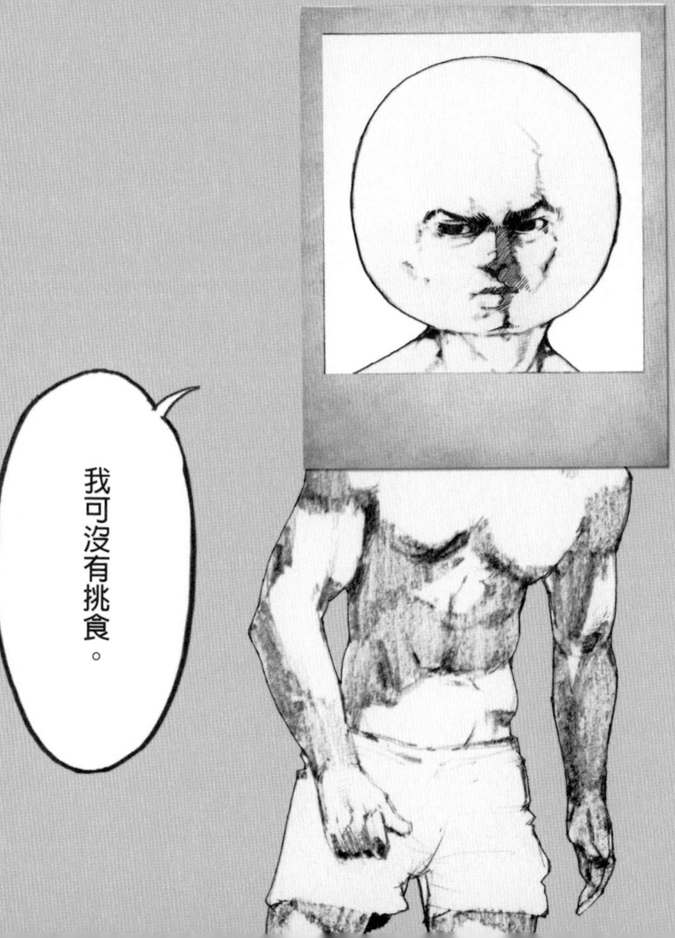

 END

Chapter. 啊、橡皮擦屑君

這是一個有點悲傷的……
關於那些被你擦完抹淨自己在紙上的錯誤後，
就隨手彈掉、揮掃至再也不會去注意之處的，
屑屑們的故事。

……哥。

很久沒見面了，……太一。
杉村 龍一
橡皮擦屑（38）
這幾年過得還好嗎？
馬馬虎虎吧，哥。
杉村 太一
橡皮擦屑（35）
爸過世前有說什麼嗎？
他只說了一句話——

討厭~又寫錯字了~
夏實，妳在寫作業嗎？
哥、哥哥！
朝比奈 夏實
小學生（11）
夏實，雖然寫作業很好，但是，
朝比奈 秋彥
中學生（15）
哥哥……不要看……
當作業本上有橡皮擦屑這種垃圾東西時……
惡
還是得好好把他們……彈乾淨才行呢。

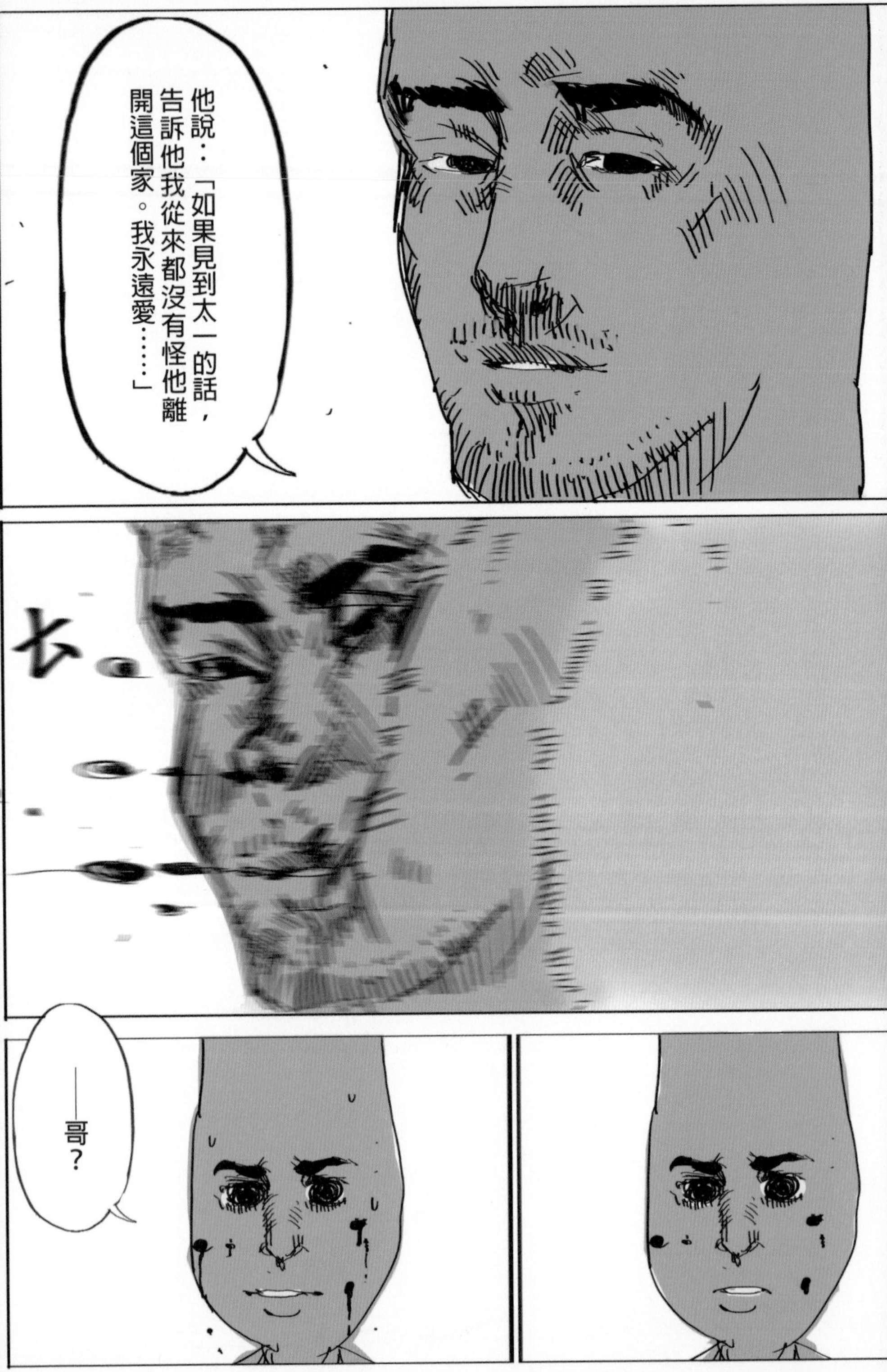
他說：「如果見到太一的話，告訴他我從來都沒有怪他離開這個家。我永遠愛……」
——哥？

這麼一來就、彈乾淨了呢。
我會永遠守護著妳，幫妳彈走那些討厭東西的……夏實。
哥哥……

我喜歡擬人化故事。
也喜歡塑造這些角色，讓他們和我們
像處在同一個世界中……
大家很閒的話不妨偶爾注意一下
角色的姓氏跟年齡。

總之，希望你們以後要亂彈亂掃橡皮擦屑時，
能想起這個有點悲傷的故事。

 END

Menu. 番茄炒蛋 I

我很喜歡被應用在食物裡的番茄。住家附近曾有幾家我愛吃的牛肉麵店，但某一天發現一家湯裡會放番茄的牛肉麵店後，我就立刻厭舊了。

嗯，扯遠了。

這篇故事是想跟大家分享我的——獨門番茄炒蛋料理法。

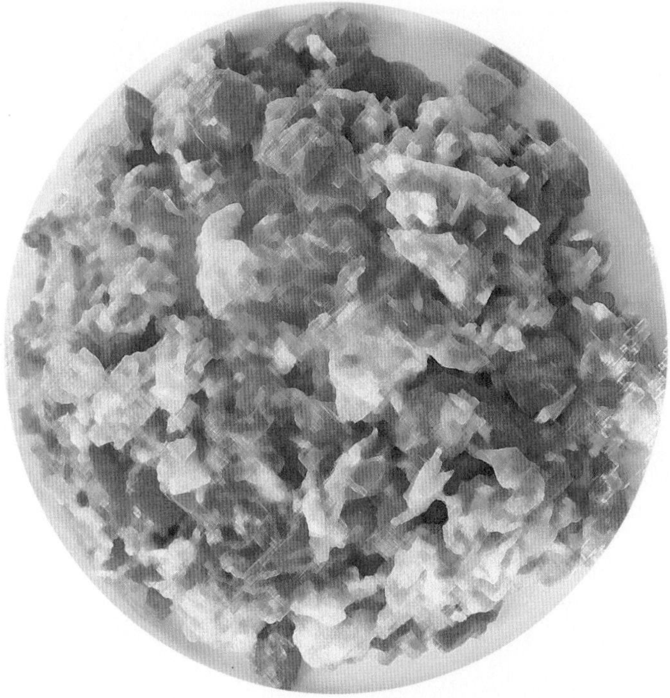

番茄的番，到底有沒有艸字頭呢？這個問題我已經想了五百年。

首先請準備兩顆番茄和一顆蛋。

社長，喝茶。
雞蛋君，感謝你長期以來為公司的努力，不過……
你明天起，不用來上班了。
完

Chapter. 螃蟹君

在整理這篇收進書中時，
突然好奇螃蟹游泳是什麼樣子，
於是我上網找了些螃蟹游泳的影片。
螃蟹游泳的樣子讓我覺得很詭異又有點好笑，
他們飛快地擺動腿水平前進但移動速度卻讓人流汗，
然後又因爲水流的關係整隻漂來晃去。
意外的……有點療癒呢！

螃蟹沒辦法選擇能不能橫著走，
就像我們不能決定自己的生父母是誰一樣。

——夏天。

夏天就是要去海邊玩！
良助君，不來跟大家一起玩嗎？
佐伯 沙耶花枝（17）
……
……
起身

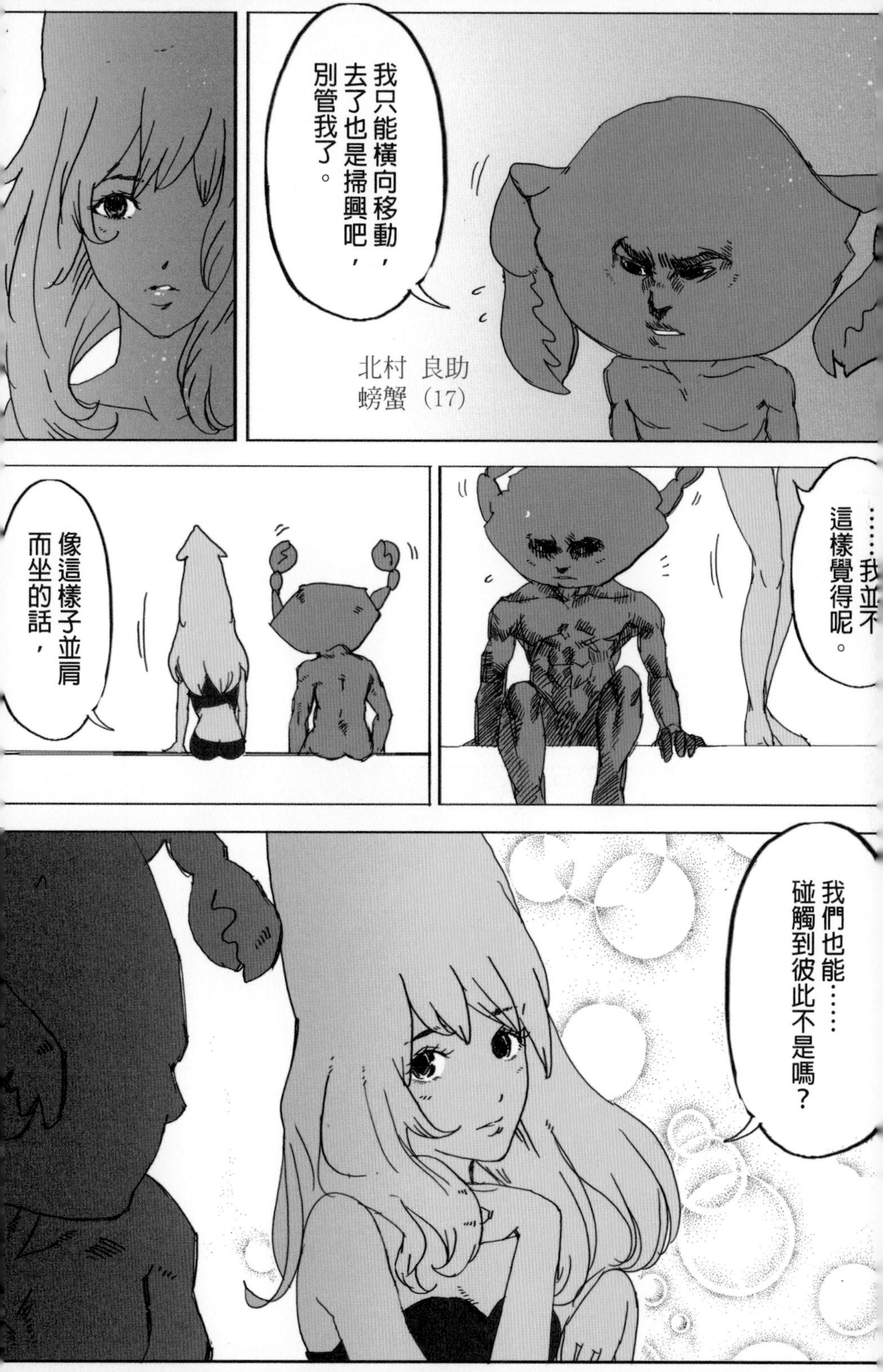
我只能橫向移動，去了也是掃興吧，別管我了。
北村 良助
螃蟹（17）
……我並不這樣覺得呢。
像這樣子並肩而坐的話，
我們也能……碰觸到彼此不是嗎？

那個……我……
？
次回、屬於四人的戀夏物語即將展開……！

很多人看過這一篇都在問：「最後海星的褲子爲什麼凸凸的？」
親愛的朋友們，
那是因爲他的第五隻腳（或手）在褲子裡。
正常海星不是應該有五隻腳嗎？
所以那個……扣掉雙手雙腳，還有一隻啊！

 END

Chapter. 魚與熊掌，不可兼得

這是一篇告訴大家面臨選擇時如何權衡利弊、考慮機會成本和需求，並做出決定的教學故事。

我們的選擇，決定我們成為怎樣的人。

啊，講這種話感覺好帥！

我是一隻熊，
我抓到一隻魚了。

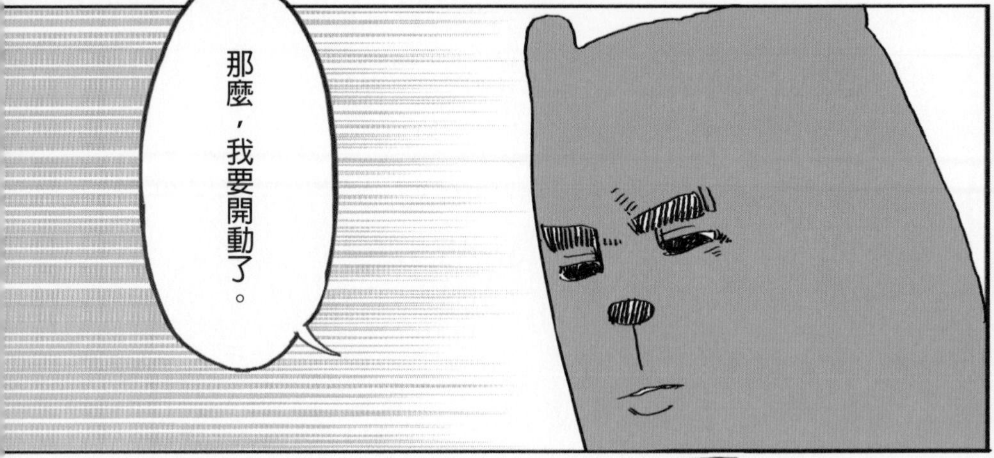
那麼，我要開動了。

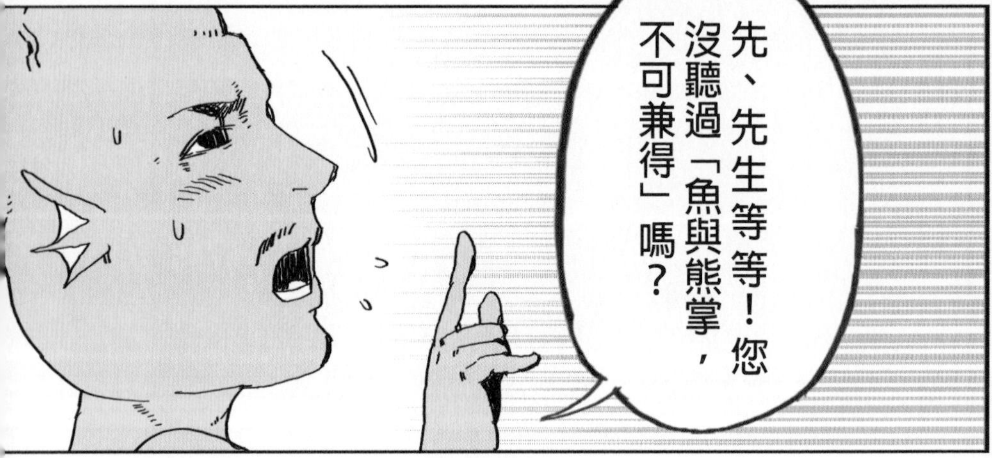
先、先生等等！您沒聽過「魚與熊掌，不可兼得」嗎？

接下來，
大概分成幾種故事走向

A. 頑徒受師尊感化走向正道模式

關鍵字——下跪、慈眉善目、包容

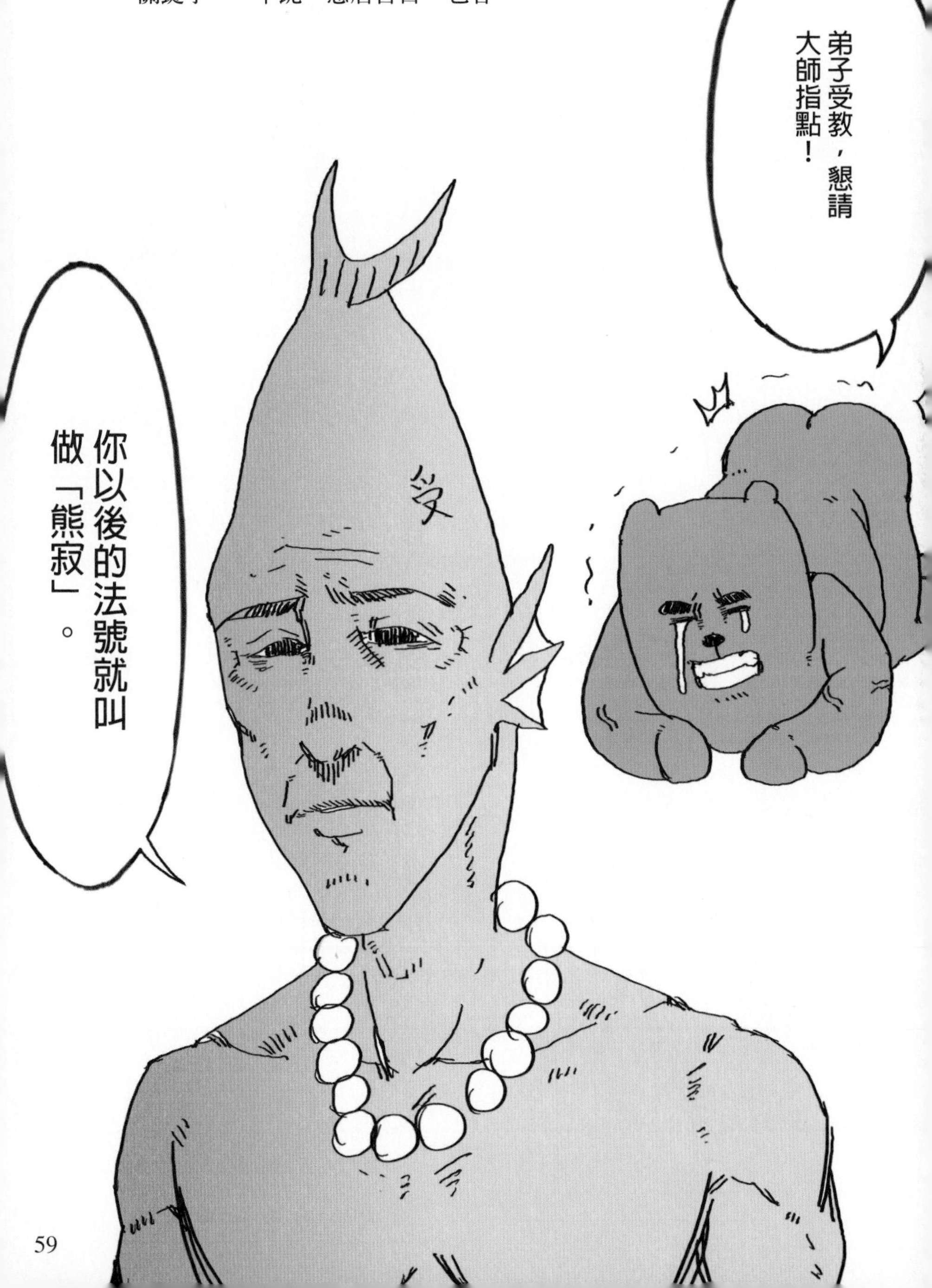
弟子受教，懇請大師指點！
你以後的法號就叫做「熊寂」。

B. 少年漫畫模式

關鍵字——死門、中二、死的覺悟

C. 偶像劇模式

關鍵字——夜晚的大雨、雨中吶喊、眼淚

Chapter. 童亞畫室 I

我曾經去過畫室學了一陣子的西畫。

雖然覺得太晚去接觸也太過短暫，但還是非常懷念那段時間。

要是可以一輩子好吃懶作隨興地想去就去畫室畫畫圖或待著看書，感覺眞幸福啊！

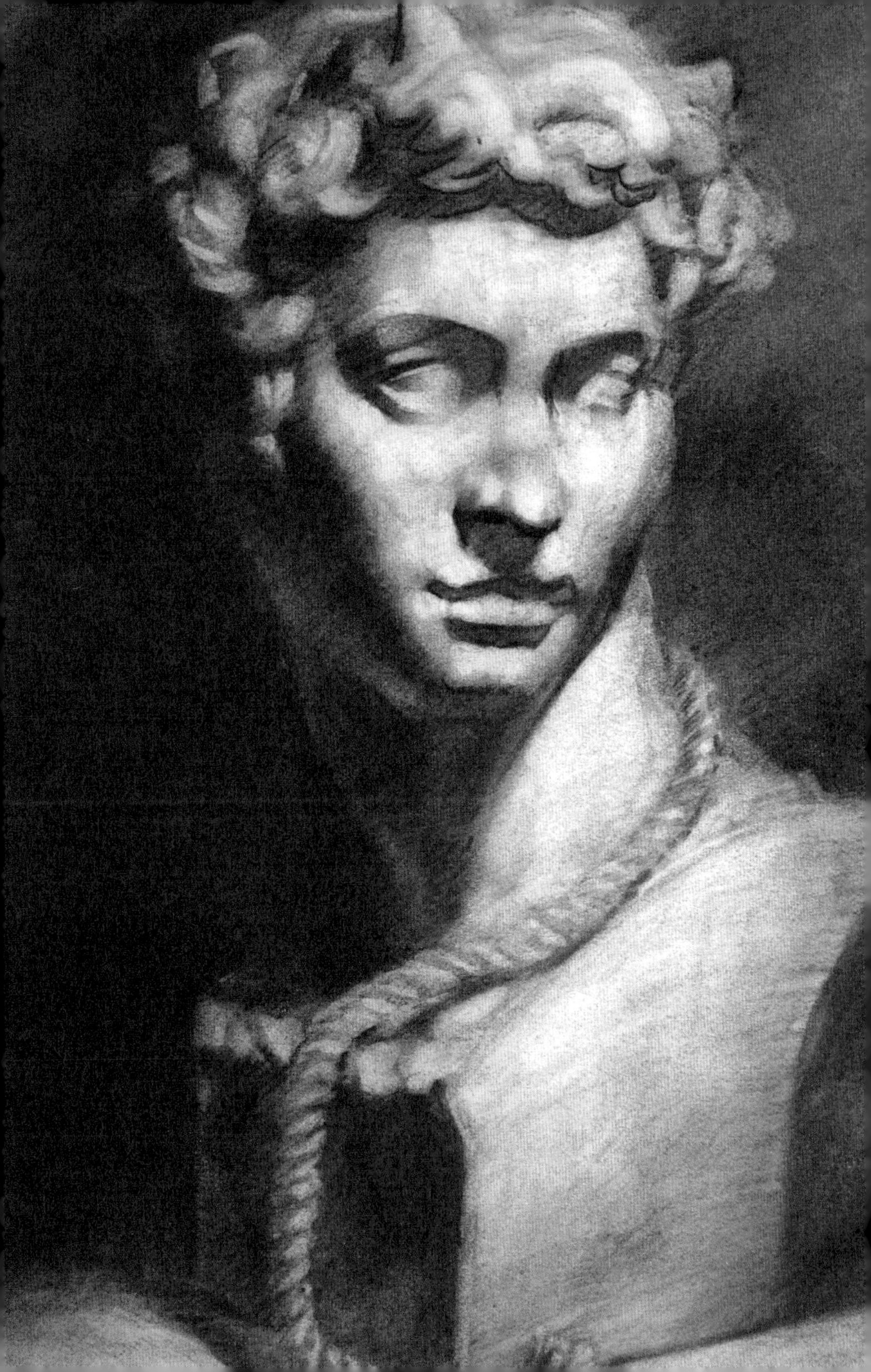

我喜歡畫畫，希望能成爲一位插畫家。
佐久間 一馬
學生（17）
我常去一間叫童亞的畫室學習，但那裡的老師經常不在。
禪。
取而代之的是一位叫山本的助教。
！
山本
畫得很不錯呢。
顏色真好看。
！
我很喜歡……
你的用色
嗯……
色色……

一馬，你畫畫時，身體太僵硬了……
山、山本先生……
呼 呼哈
你必須要……更放鬆、更享受才行呢！
呀啊
加油唷，我很看好你！
好的！
……!?
END

Chapter. 精際效應 I

落實健全的性教育知識是非常重要的，那今天我們就來談談精子的故事吧。

我是一個精子，
我想成爲太空人。

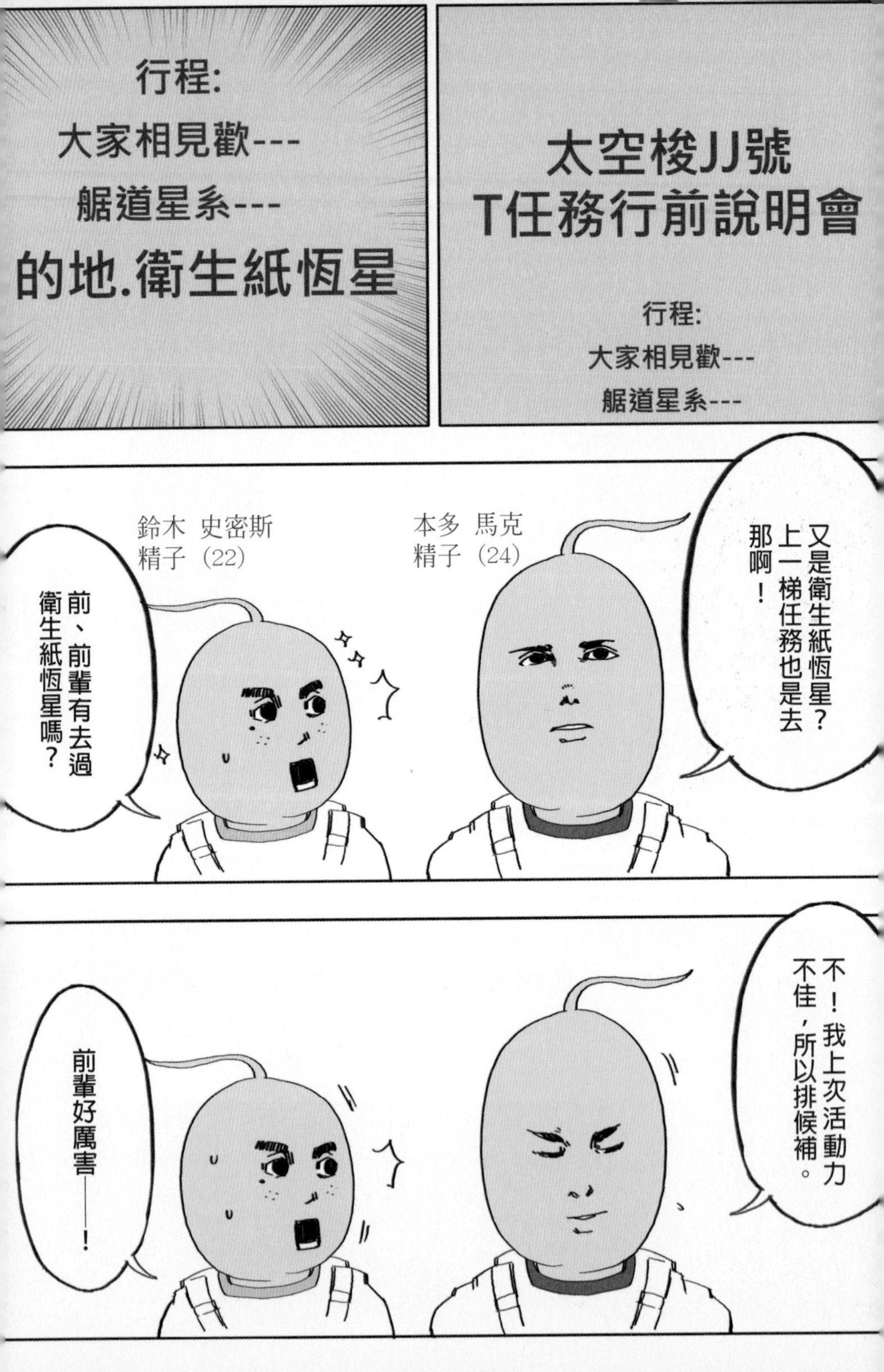

太空梭JJ號
T任務行前說明會
行程:
大家相見歡---
艍道星系---
行程:
大家相見歡---
艍道星系---
的地.衛生紙恆星
又是衛生紙恆星？上一梯任務也是去那啊！
本多 馬克
精子 (24)
鈴木 史密斯
精子 (22)
前、前輩有去過衛生紙恆星嗎？
不！我上次活動力不佳，所以排候補。
前輩好厲害——！

不過，這次能跟前輩分到同一組，實在很開心呢。
……
要是判斷你會妨礙到任務進行的話，我可是會毫不猶豫地丟下你啊！
……是的！
Do not go gentle into that good night.
切莫溫順地步入那良夜

※〈Do not go gentle into that good night〉，出自英國詩人迪蘭．湯瑪斯（Dylan Thomas）。也在電影《星際效應》中被角色引述。

Do not go gentle into that good night.
切莫溫順地步入那良夜

Old age should burn and rave at close of day.
白晝將盡，就算年老也要燃燒咆哮

Rage, rage……

——電影《星際效應》眞的很好看呢！
（只是一不小心的順帶一提。）

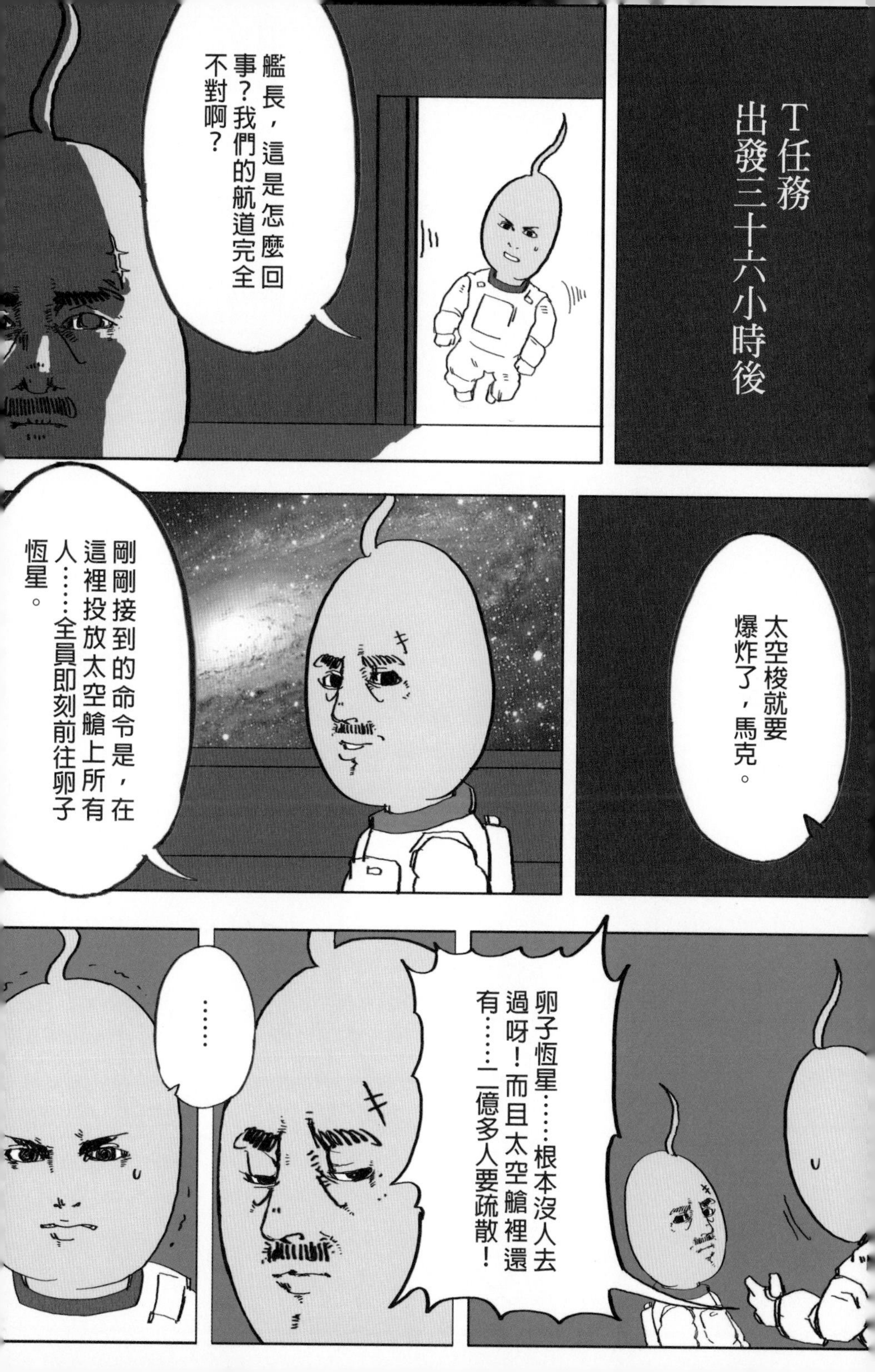
T任務出發三十六小時後
艦長，這是怎麼回事？我們的航道完全不對啊？
太空梭就要爆炸了，馬克。
剛剛接到的命令是，在這裡投放太空艙上所有人……全員即刻前往卵子恆星。
卵子恆星……根本沒人去過呀！而且太空艙裡還有……二億多人要疏散！
……

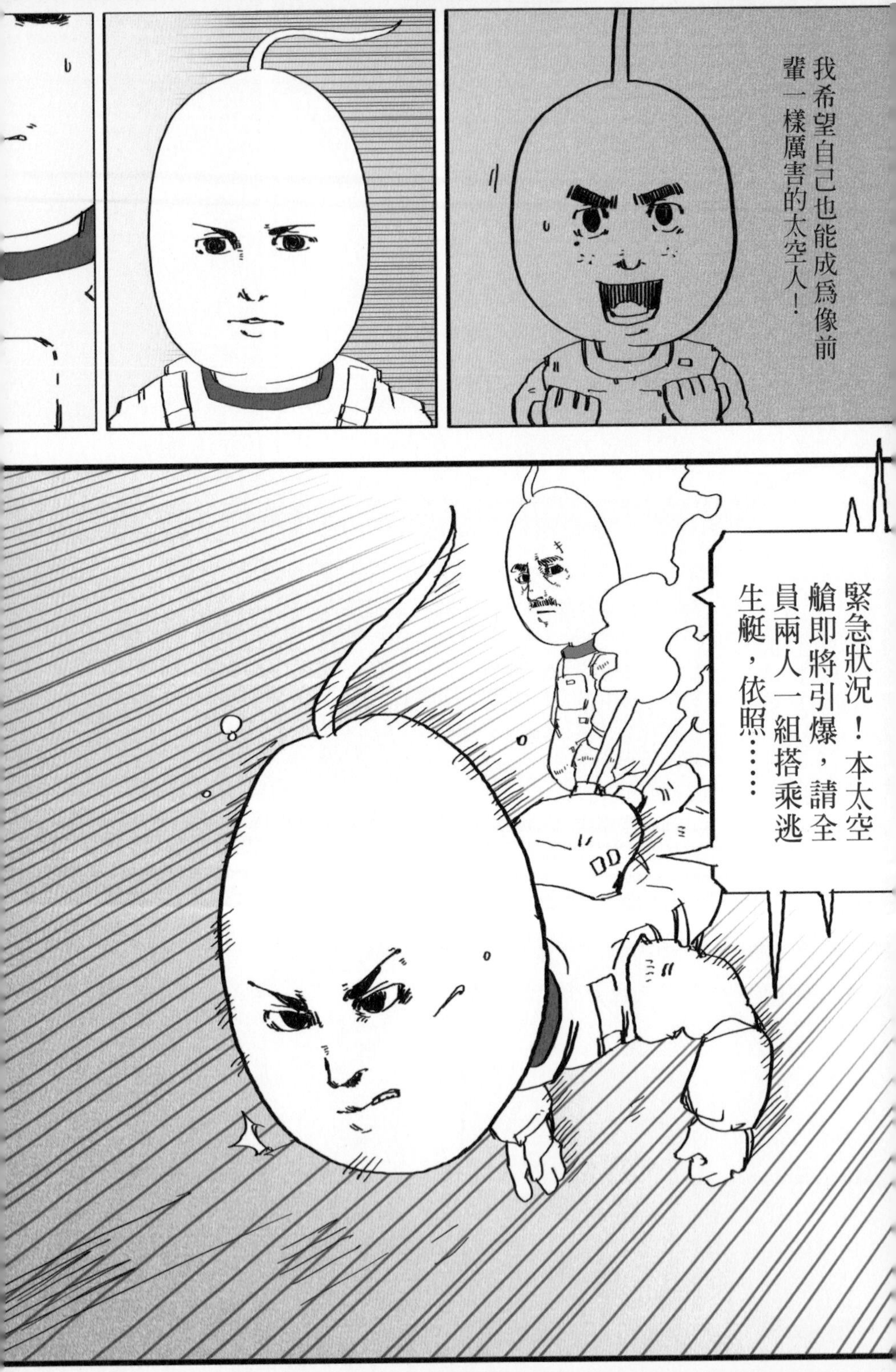

我希望自己也能成為像前輩一樣厲害的太空人！
緊急狀況！本太空艙即將引爆，請全員兩人一組搭乘逃生艇，依照……

爲了後輩，馬克選擇留下！
次回、兩人究竟能否來得及逃出……！
豪……豪緊張啊！

 END

Chapter. 啊、冰塊君

在美國剛通過同性婚姻合法，一夕間 facebook 上許多用戶將大頭貼改爲彩虹色，一日有位友人向我抱怨他對同志圈的高調、性癖和淫亂感到噁心厭惡不齒。

恕我無法多加贅述，只是當下小震驚到自己身邊竟還有此等傳奇人物存在。

就我自己的基本認知，人類的性向不會因爲一個法案通過而改變。各位的同性同志朋友也不會因爲一個法案通過後就愛上你或想強暴你。性病跟有沒有做好衛生安全措施有關，到底干同志什麼事呢？情侶、夫妻、家庭、朋友的各種離奇悲劇從小照三餐聽到大，但當跟同志有關係時，卻常常被放大檢視。

還有婚姻這件事，兩人相愛共組家庭，

……到底有什麼好反對的呢？

（話說回來，婚姻這東西我認爲很可疑。）

然後不要那麼在乎生育率好不好，

我……我眞心覺得人類好像有點太多！

我是一個冰塊，
我是同志♂。

吶……你什麼時候要跟你爸媽說我們的事？
……

等這趟旅程結束，下禮拜回去……我一定會說的。
櫻井 悠
冰塊（25）
……
你上禮拜也這樣說呢，小悠……
松井 春樹
冰塊（28）
沒想到只是兩個人想在一起，竟然這麼辛苦啊！
……春樹，我……
……我真的，想跟你一直在一起。

小悠，我……
!?
什……？
海嘯？……不對，海面、遊艇和我們都往天上飛……簡直像重力翻轉了一樣！
小悠，抓住我的手——！
唔……

I ♡ my brother

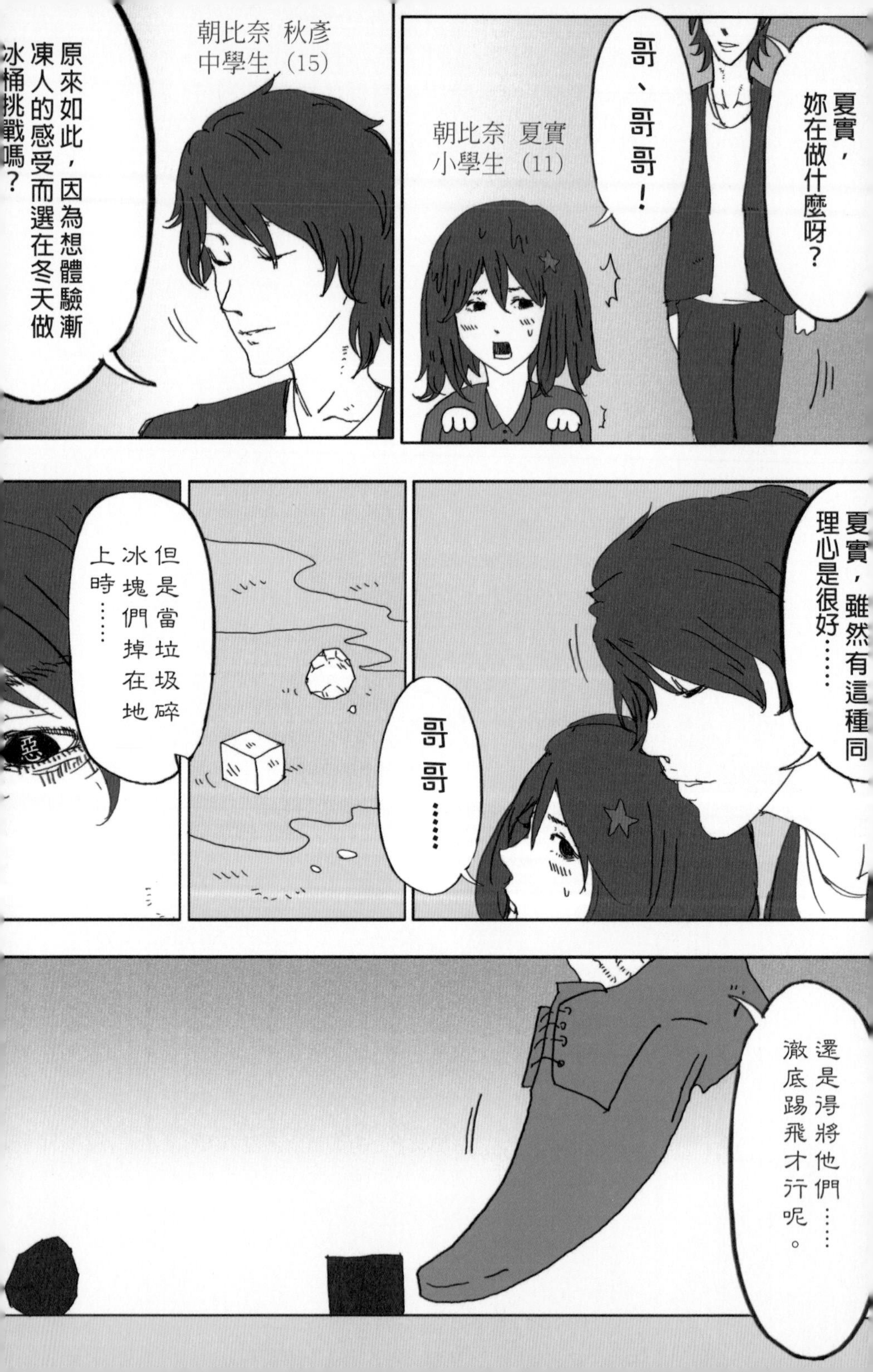
夏實，妳在做什麼呀？
哥、哥哥！
朝比奈 夏實
小學生（11）
朝比奈 秋彥
中學生（15）
原來如此，因為想體驗漸凍人的感受而選在冬天做冰桶挑戰嗎？
夏實，雖然有這種同理心是很好……
哥哥……
但是當垃圾碎冰塊們掉在地上時……
還是得將他們徹底踢飛才行呢。

看來我們活下來了。
春樹……
我再也不害怕了。
只要跟你在一起，這個世界、社會或我爸媽我都……
……春樹？
……

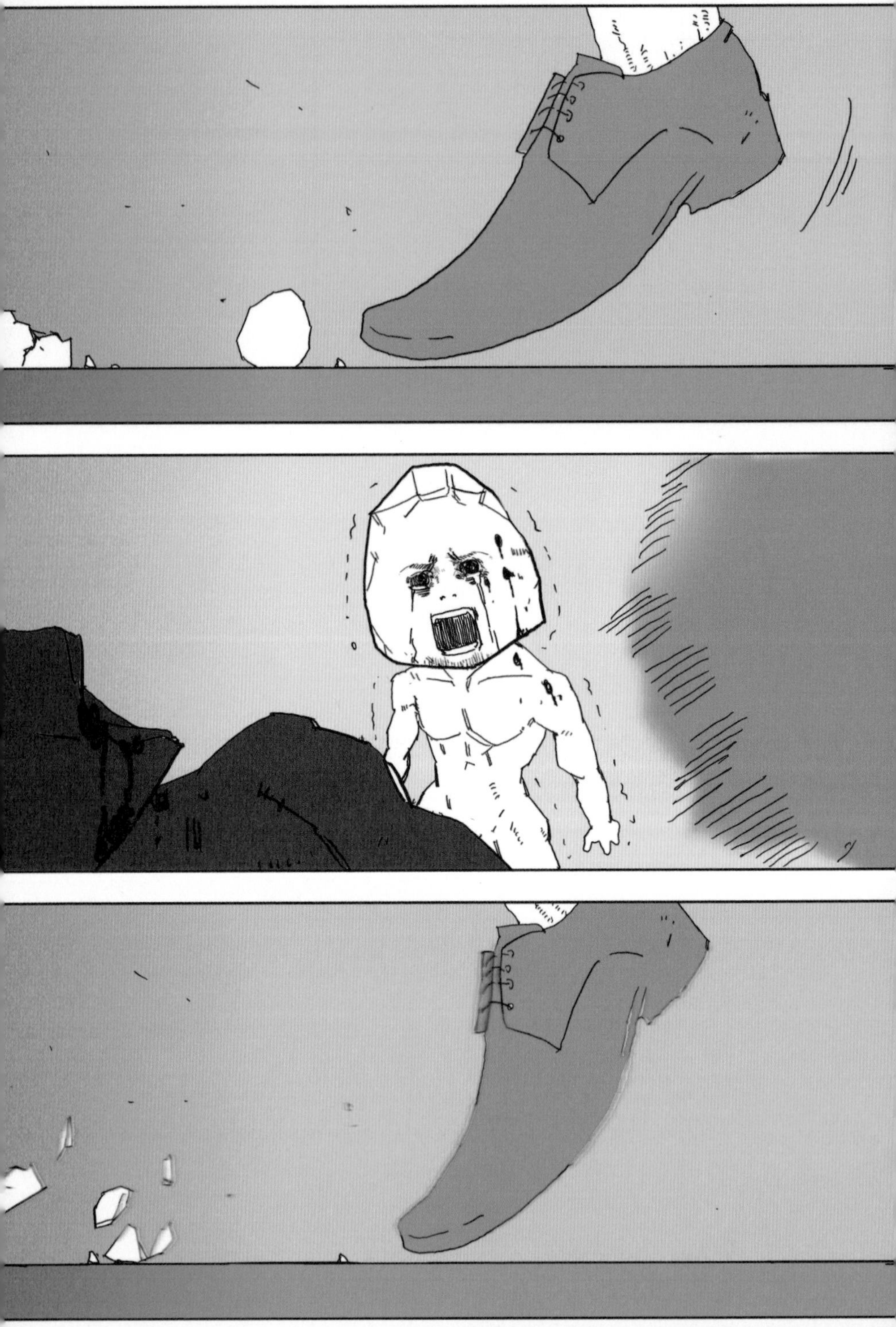

這麼一來就、
清理乾淨了呢。
我會為妳清掉那些討厭的髒東西的……夏實。
哥哥……
END

Chapter. 龜兔賽跑

——這世界實在太不公平啦！

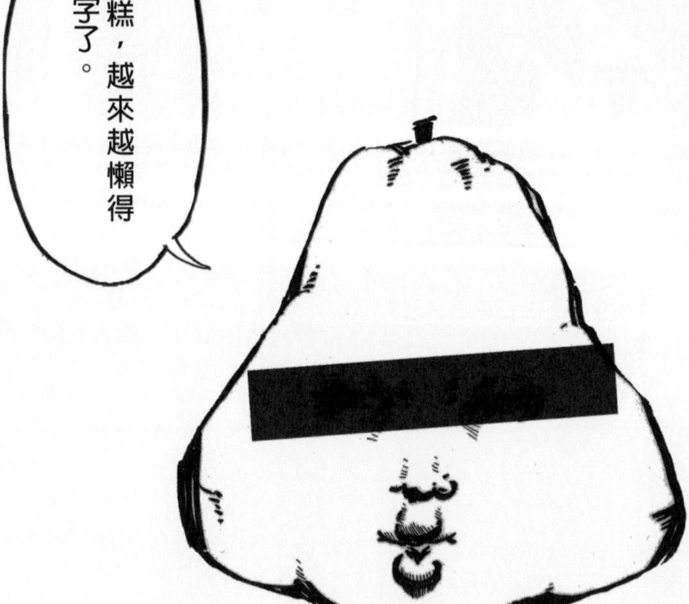

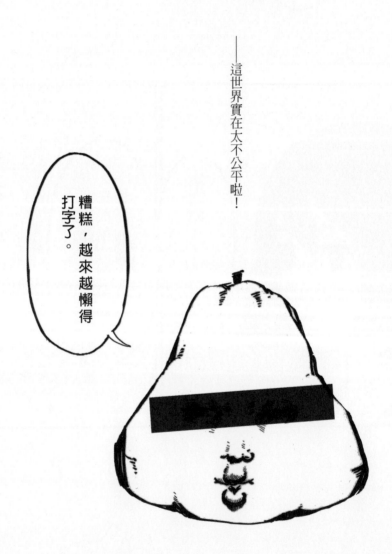

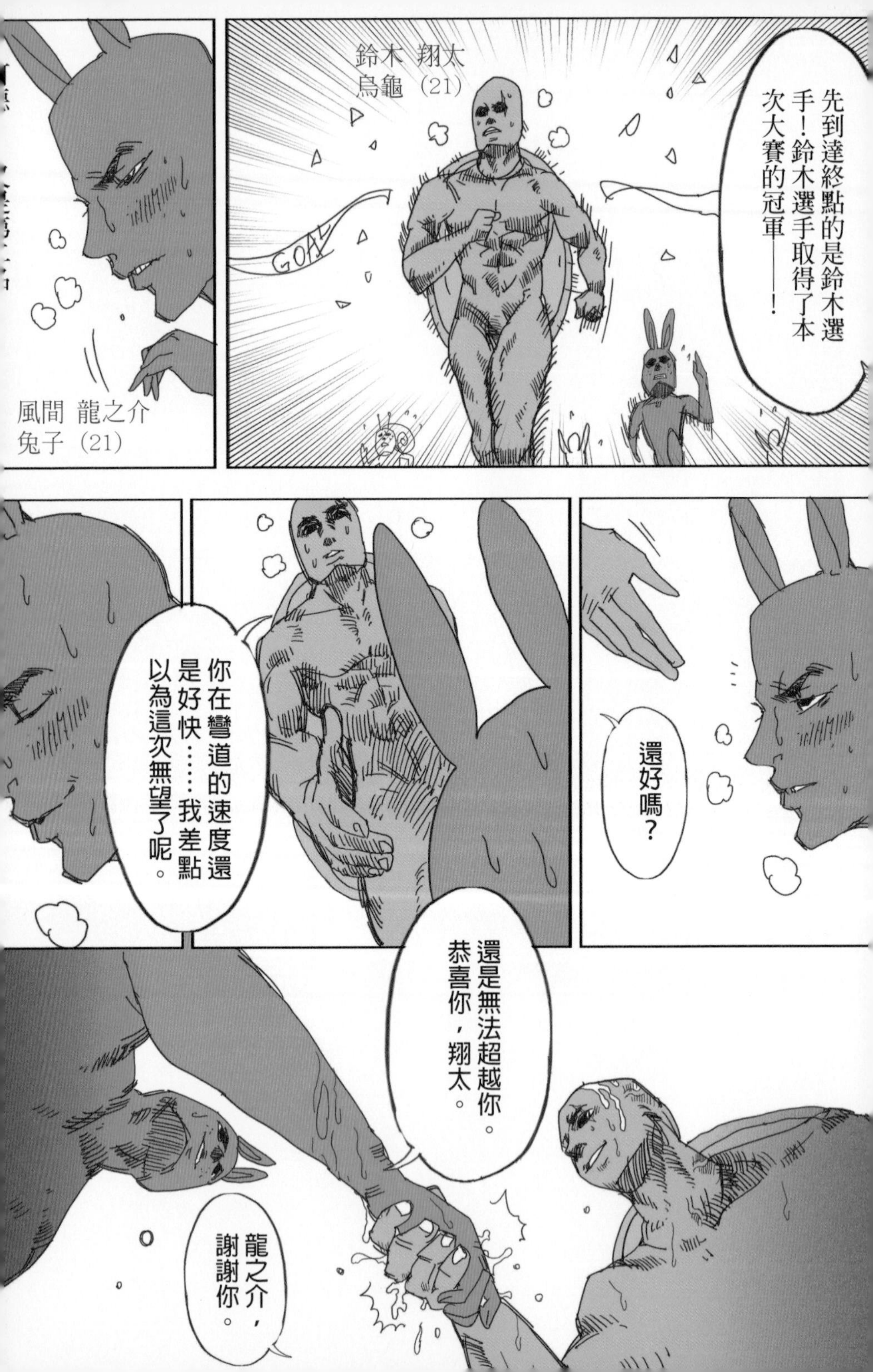

先到達終點的是鈴木選手！鈴木選手取得了本次大賽的冠軍——！
鈴木 翔太
烏龜（21）
GOAL
風間 龍之介
兔子（21）
還好嗎？
你在彎道的速度還是好快……我差點以為這次無望了呢。
還是無法超越你。恭喜你，翔太。
龍之介，謝謝你。

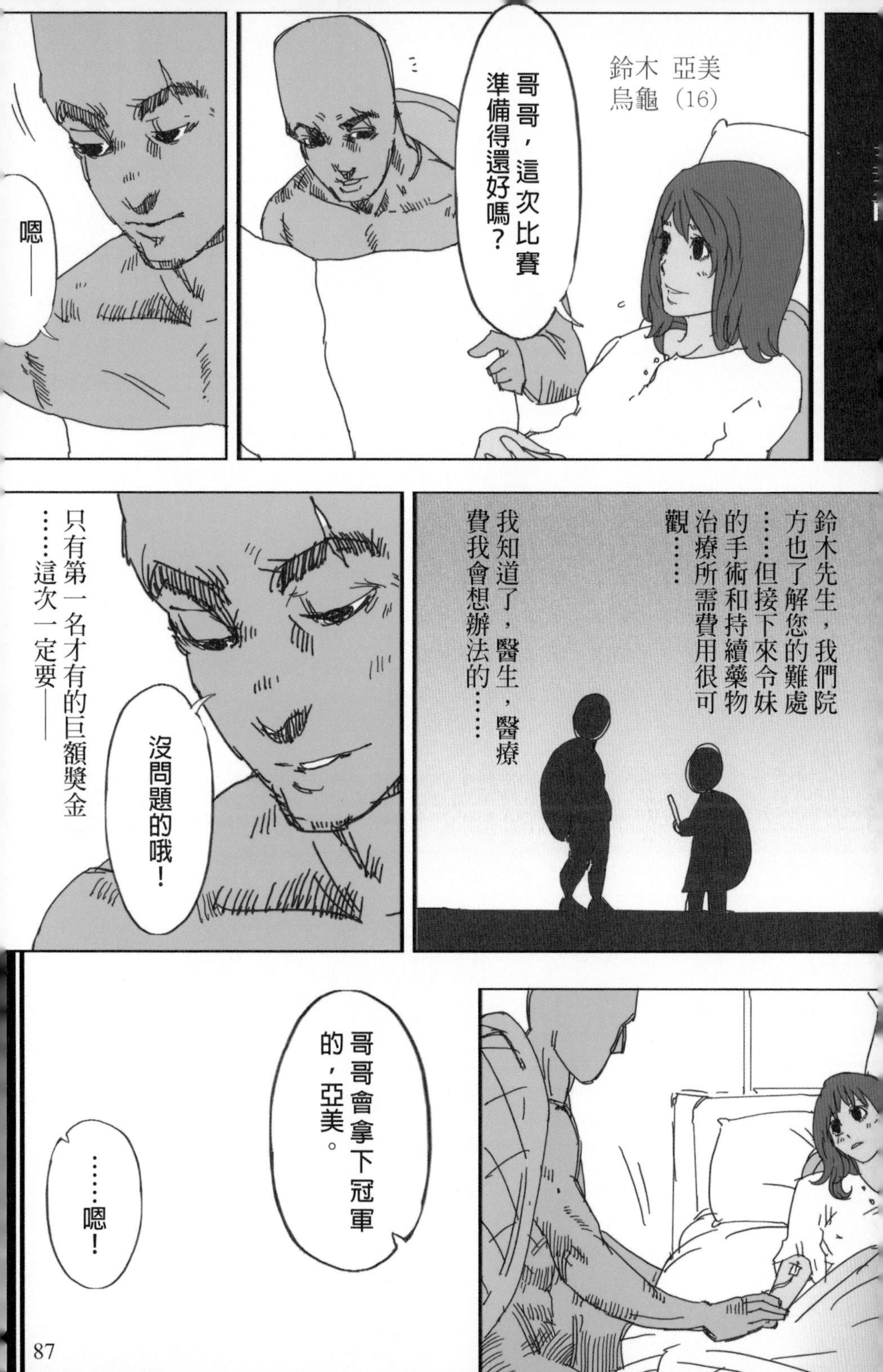
鈴木 亞美
烏龜（16）
哥哥，這次比賽準備得還好嗎？
嗯——
鈴木先生，我們院方也了解您的難處……但接下來令妹的手術和持續藥物治療所需費用很可觀……
我知道了，醫生，醫療費我會想辦法的……
沒問題的哦！
只有第一名才有的巨額獎金……這次一定要——
哥哥會拿下冠軍的，亞美。
……嗯！

兩天前
結婚？可以啊！
藤原 靜
烏龜（26）
我、我本來還怕妳覺得太輕率呢！
我一直在等你開口而已……笨蛋。
吶、翔太，
？
明天拿了冠軍後，記得請我吃頓大餐啊！

接下來是頒獎典禮，請本次大賽的冠軍——
風間龍之介選手，上台領獎和拍照……
!?
大步向前
慢著，龍之介！
你們……你在開玩笑嗎？冠軍不是我才……
啊啊……翔太，有件事一直沒告訴你呢，
這場比賽的資深評審裁判都是我爸爸的大學同學……嗯，
這種事現在也不稀奇吧？設計比賽、公家單位徵稿之類的……總會有些內定名額呢！

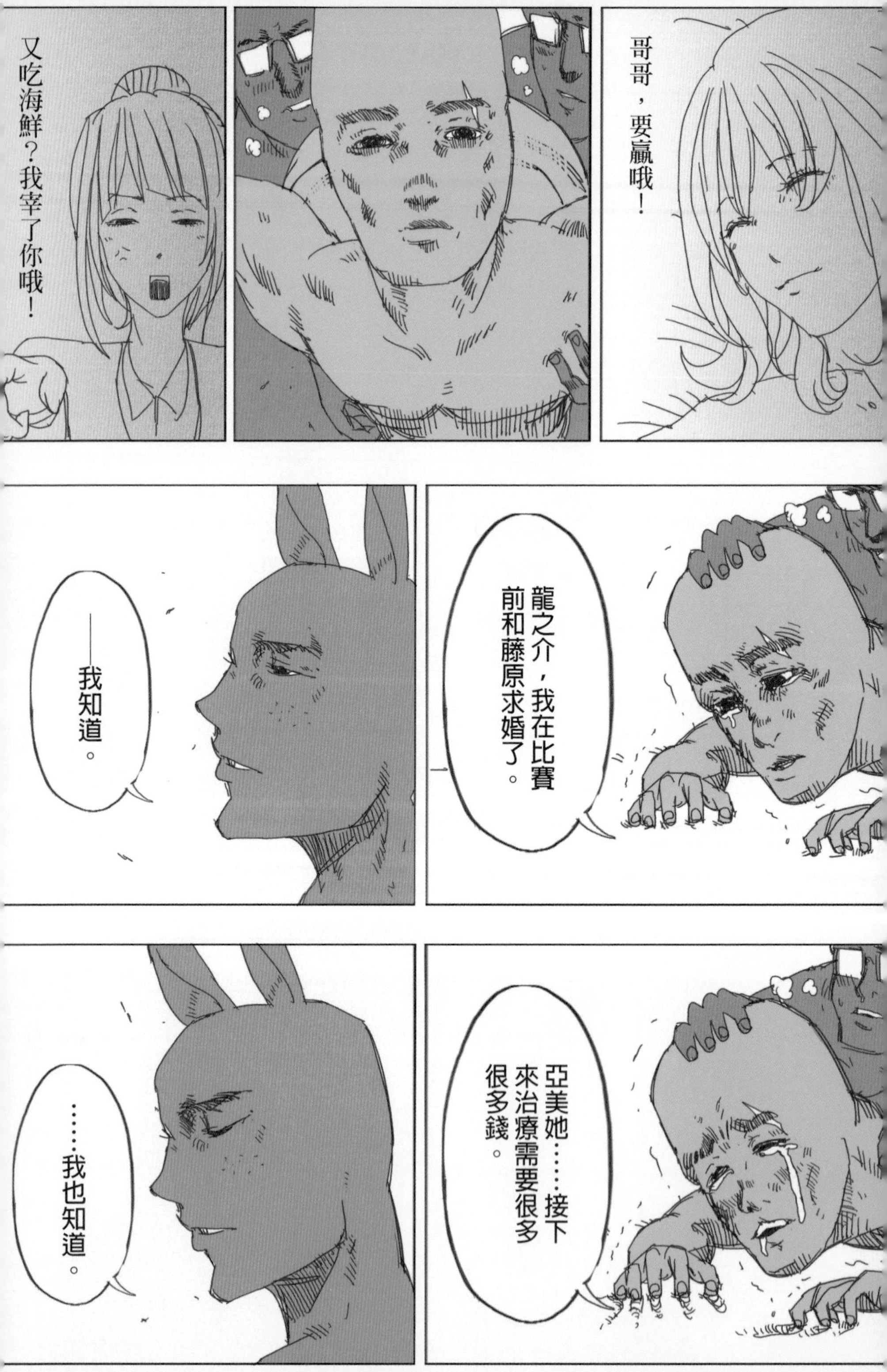
哥哥，要贏哦！
又吃海鮮？我宰了你哦！
龍之介，我在比賽前和藤原求婚了。
——我知道。
亞美她……接下來治療需要很多很多錢。
……我也知道。

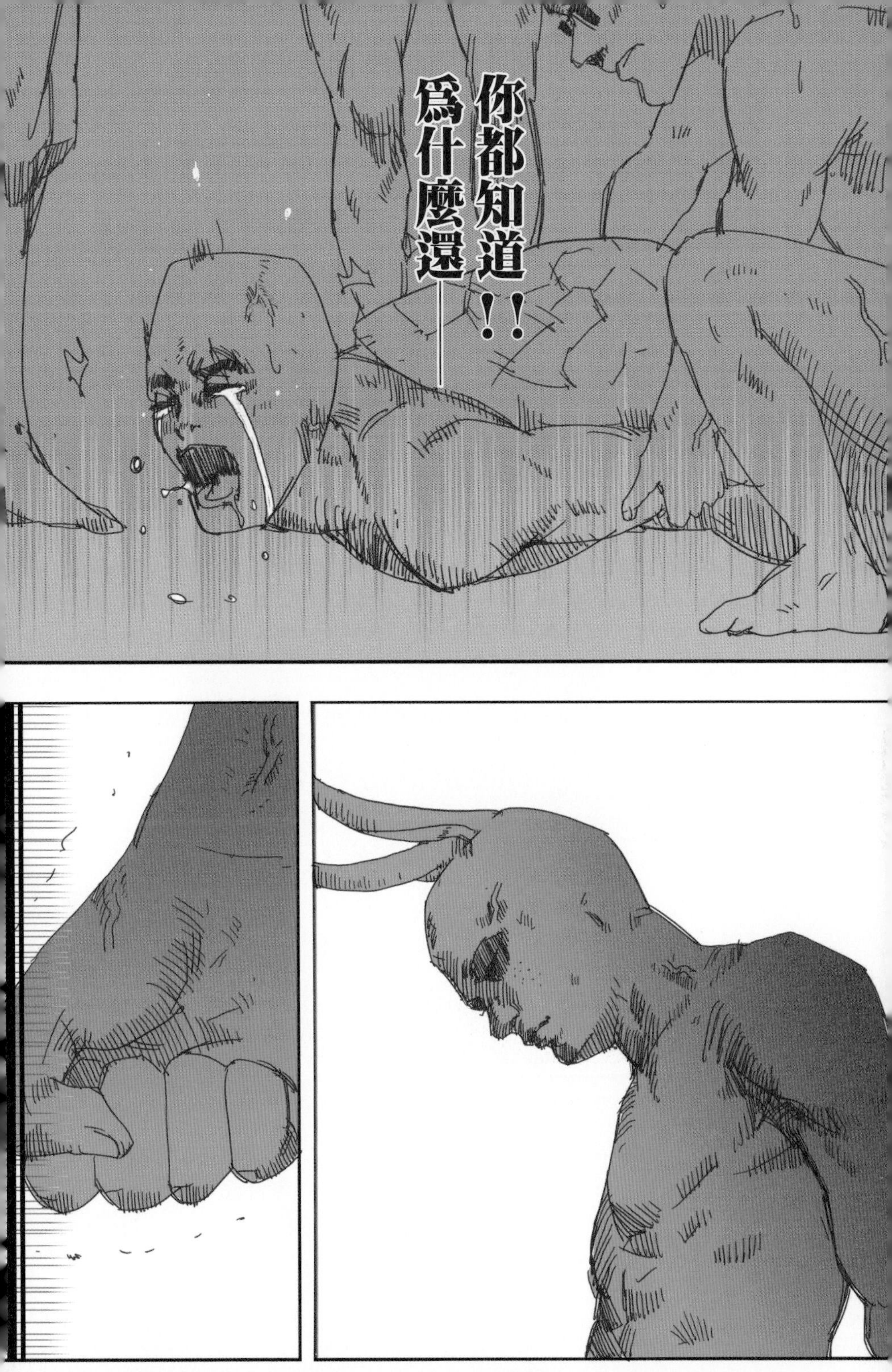
你都知道!!
爲什麼還——

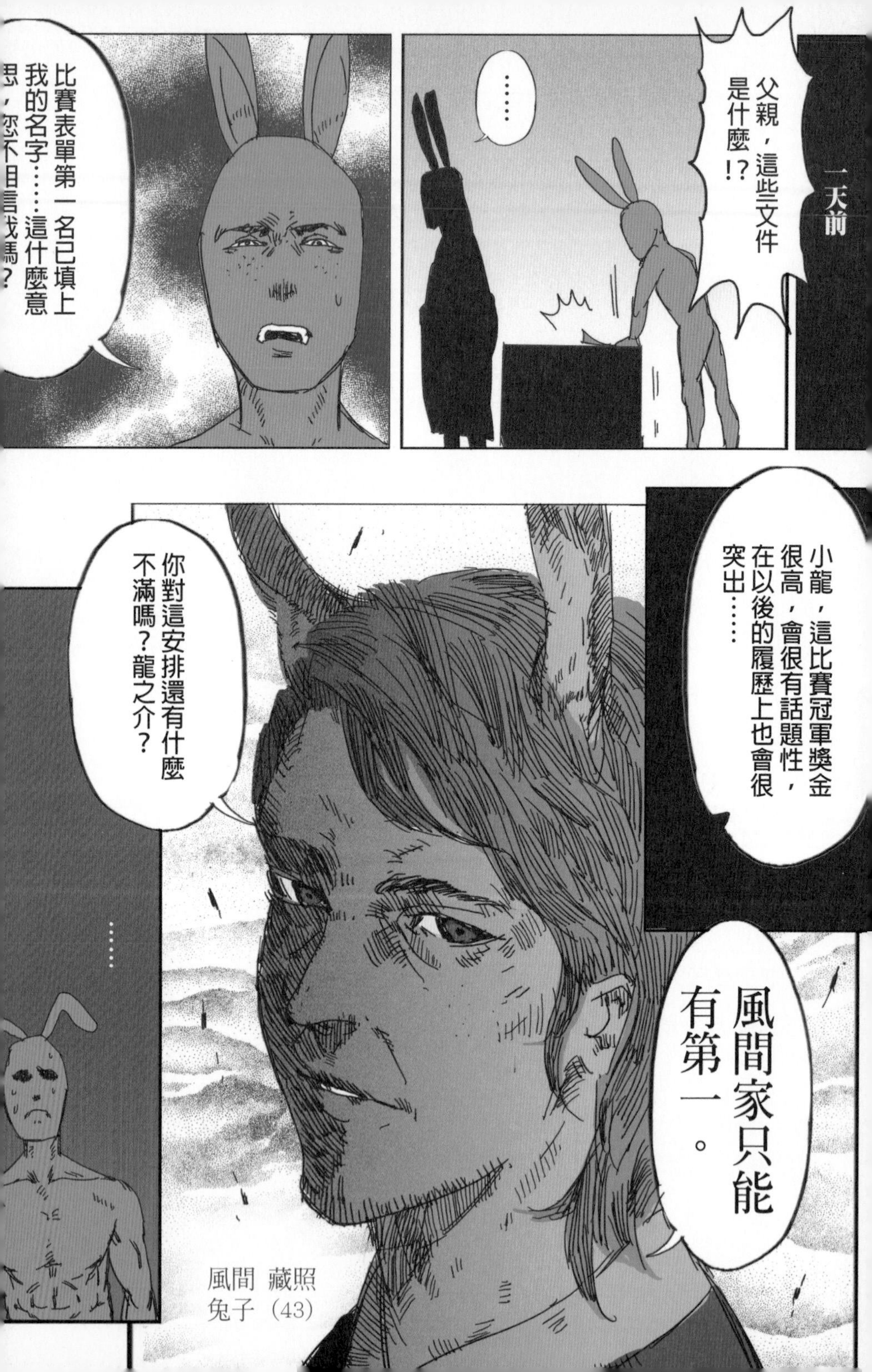
一天前
父親，這些文件是什麼!?
……
比賽表單第一名已填上我的名字……這什麼意思，您不相信我嗎？
小龍，這比賽冠軍獎金很高，會很有話題性，在以後的履歷上也會很突出……
風間家只能有第一。
你對這安排還有什麼不滿嗎？龍之介？
……
風間 藏照
兔子（43）

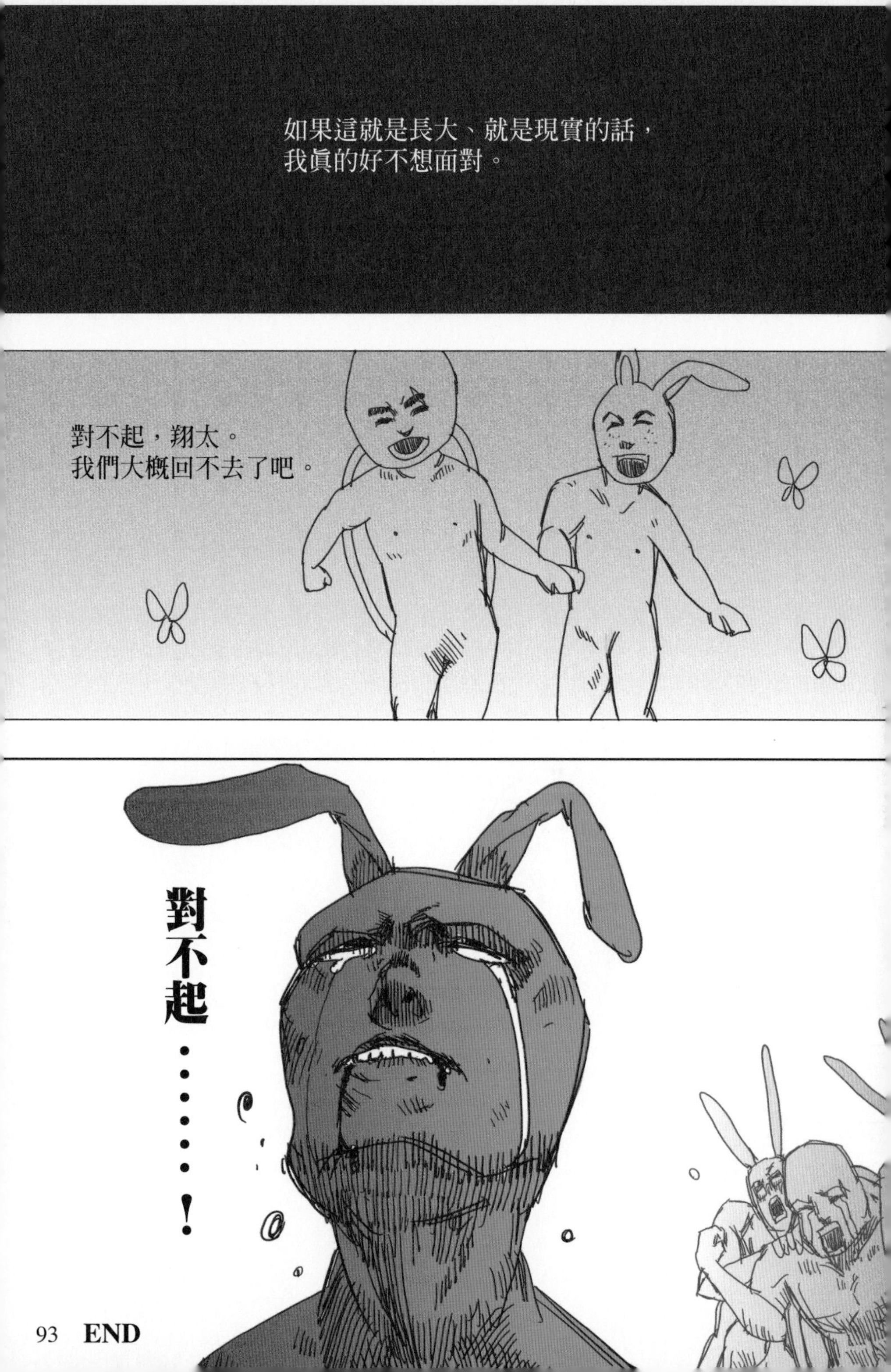
如果這就是長大、就是現實的話，
我眞的好不想面對。
對不起，翔太。
我們大概回不去了吧。
對不起……!
END

Chapter. 啊、保險套君 I

在畫這篇故事的那一陣子，我剛好開始比較認眞地思索政治、社會、人權等等議題。

雖然現在還一團亂，但我很希望有一天我能整理清楚自己想講的話，好好地傳達給你們。

這則故事大概是一個小小的起點。

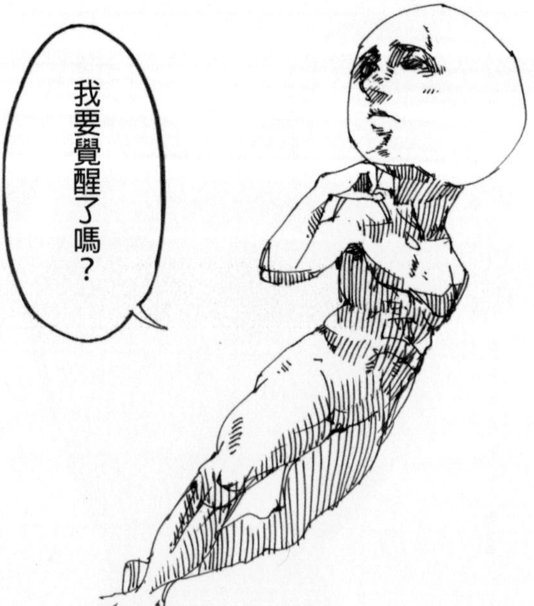

我是一個……保險套。

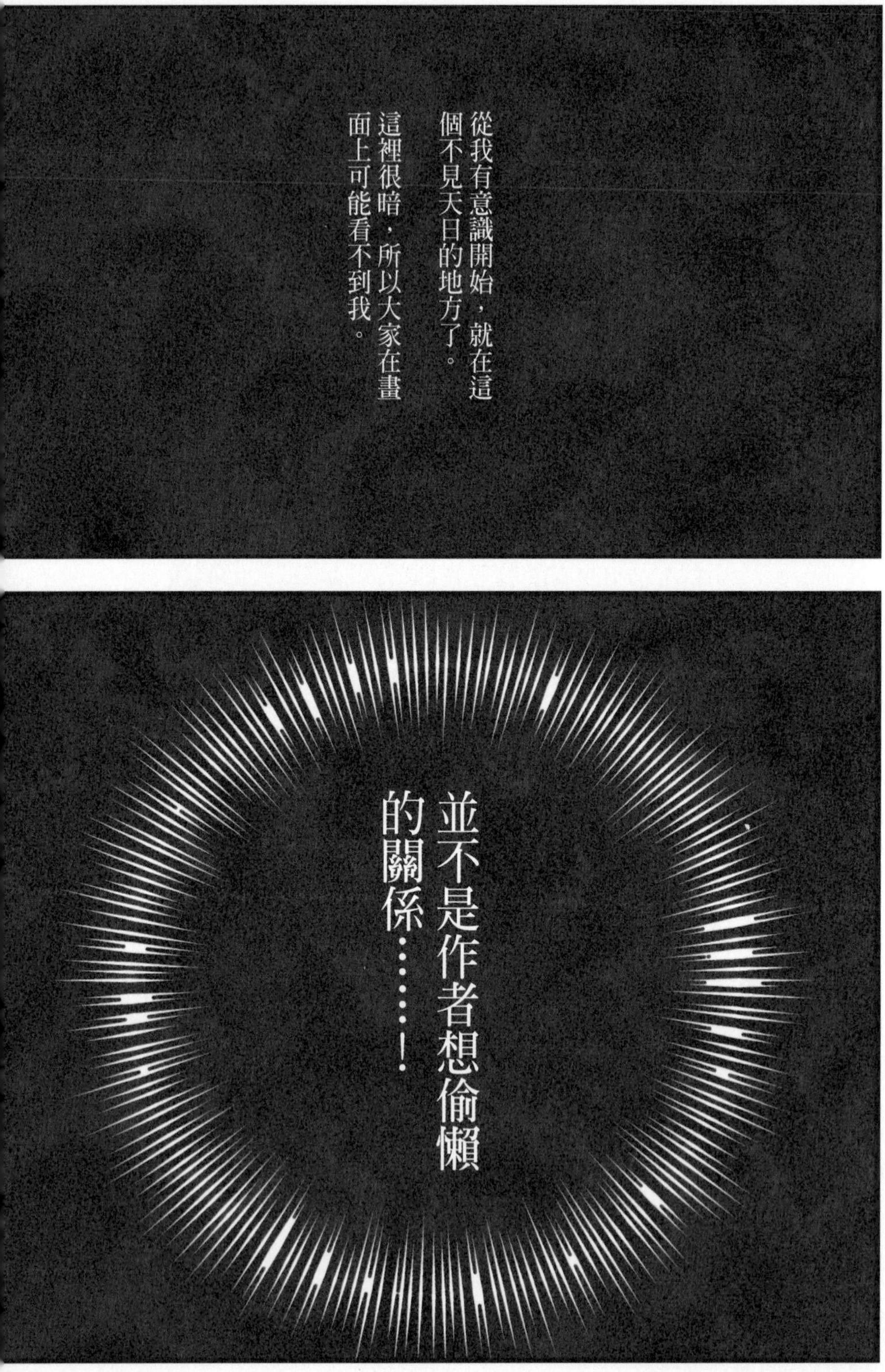
從我有意識開始，就在這個不見天日的地方了。
這裡很暗，所以大家在畫面上可能看不到我。
並不是作者想偷懶的關係……！

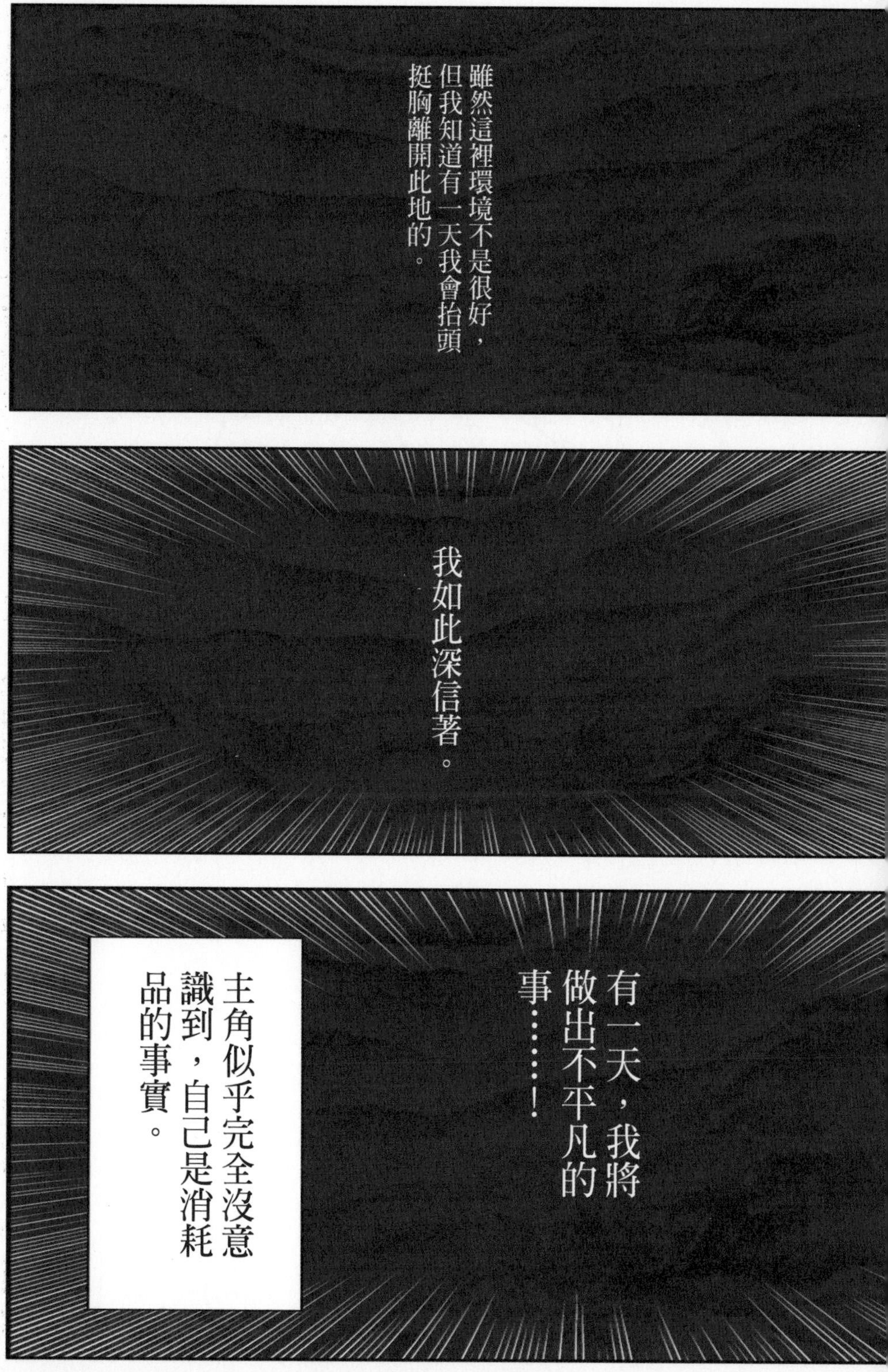
雖然這裡環境不是很好，但我知道有一天我會抬頭挺胸離開此地的。
我如此深信著。
有一天，我將做出不平凡的事……！
主角似乎完全沒意識到，自己是消耗品的事實。

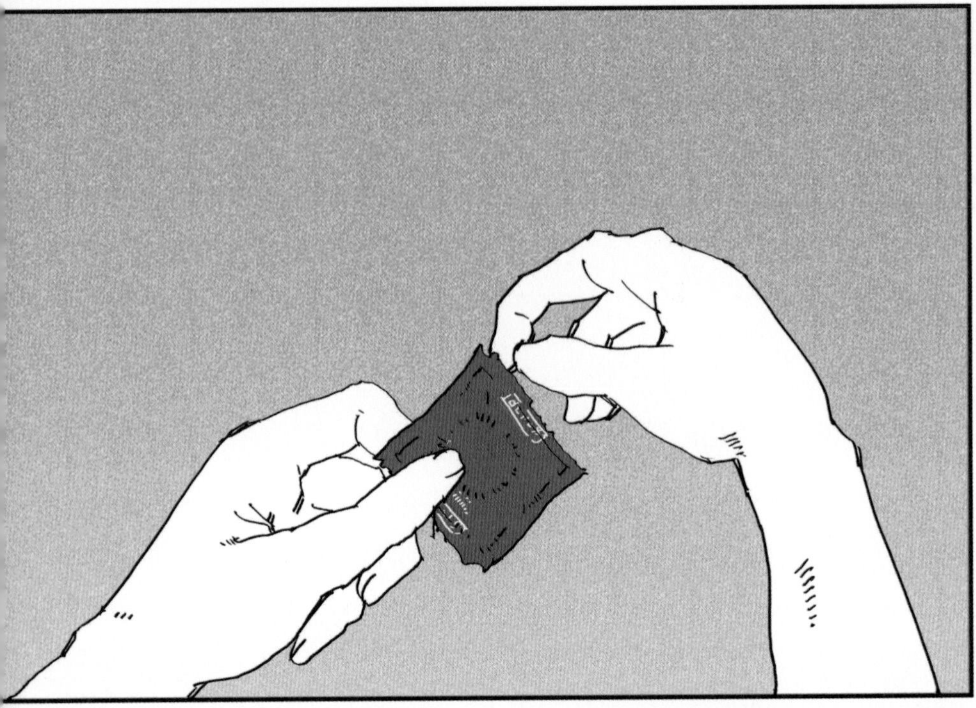

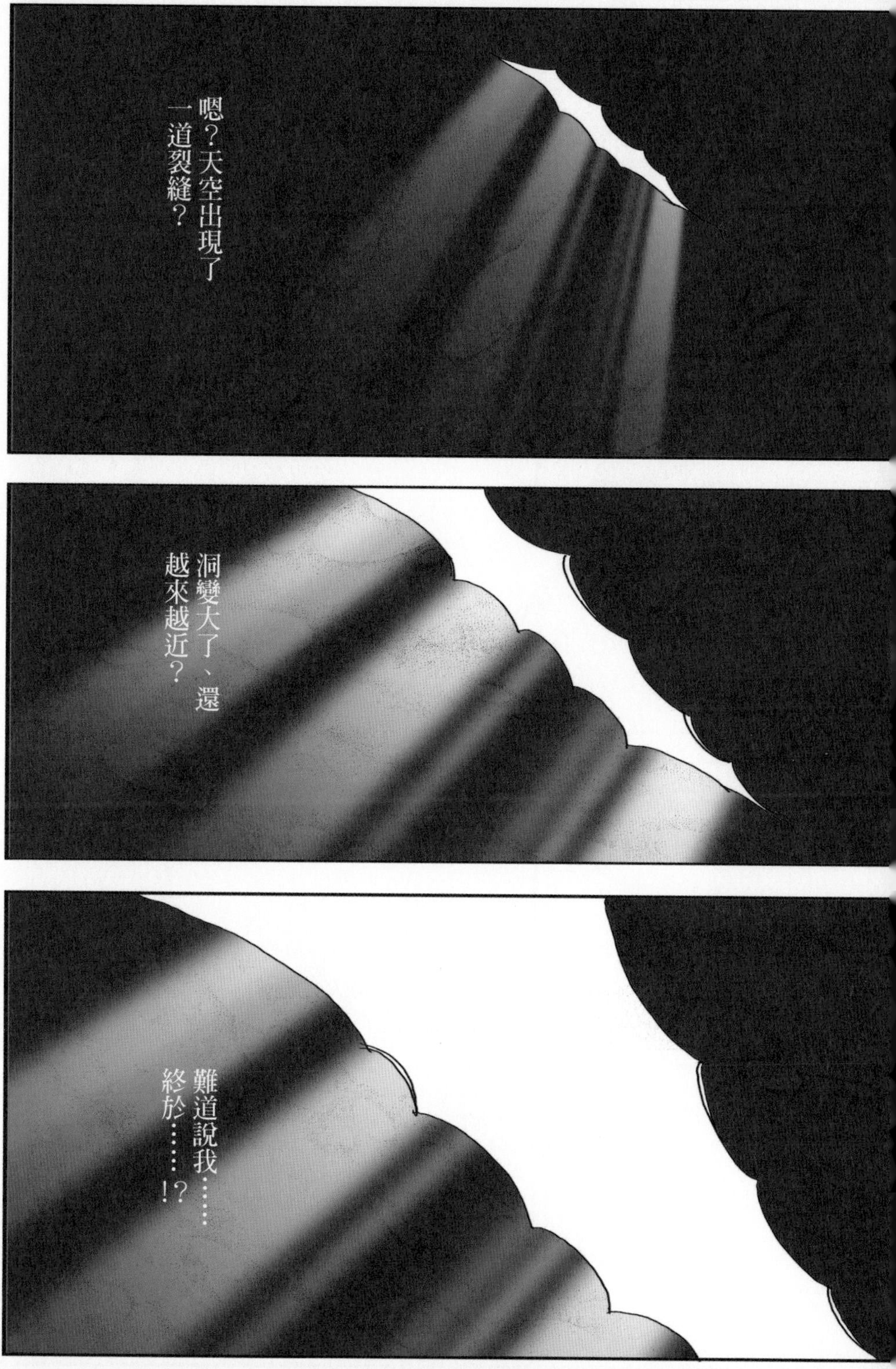
嗯?天空出現了
一道裂縫?
洞變大了、還
越來越近?
難道說我……
終於……!?

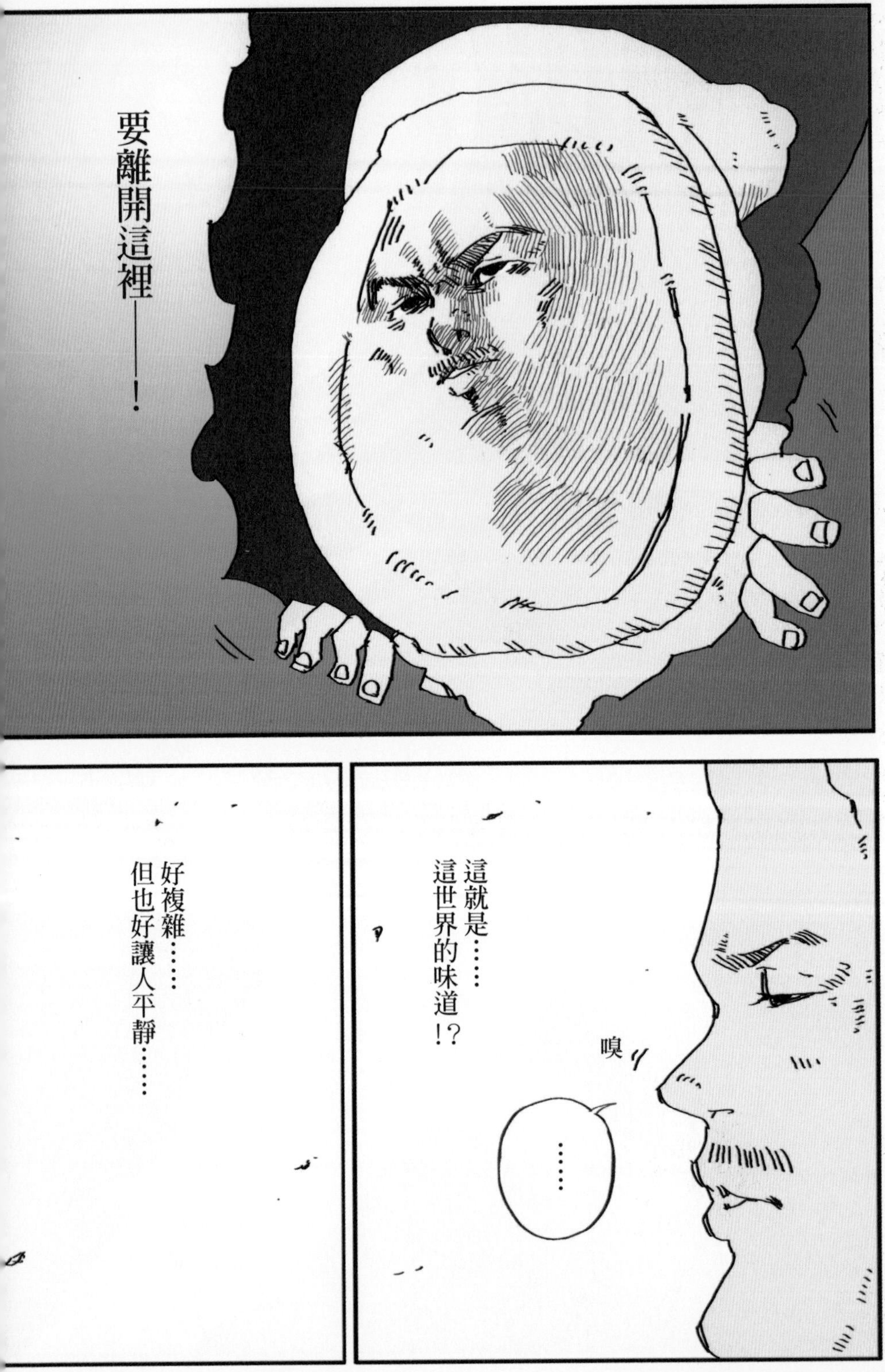
要離開這裡——!
這就是……
這世界的味道!?
嗅
……
好複雜……
但也好讓人平靜……

降誕

詞／渡雷 四衛門
曲／渡雷 四衛門

我聞到 生命
但嗆鼻的卻是逝去
我聞到 紙上城市的喜悅
但背面卻是悲傷
我聞到 信封上的期待
但拆信刀劃出的是失望

（下頁待續）

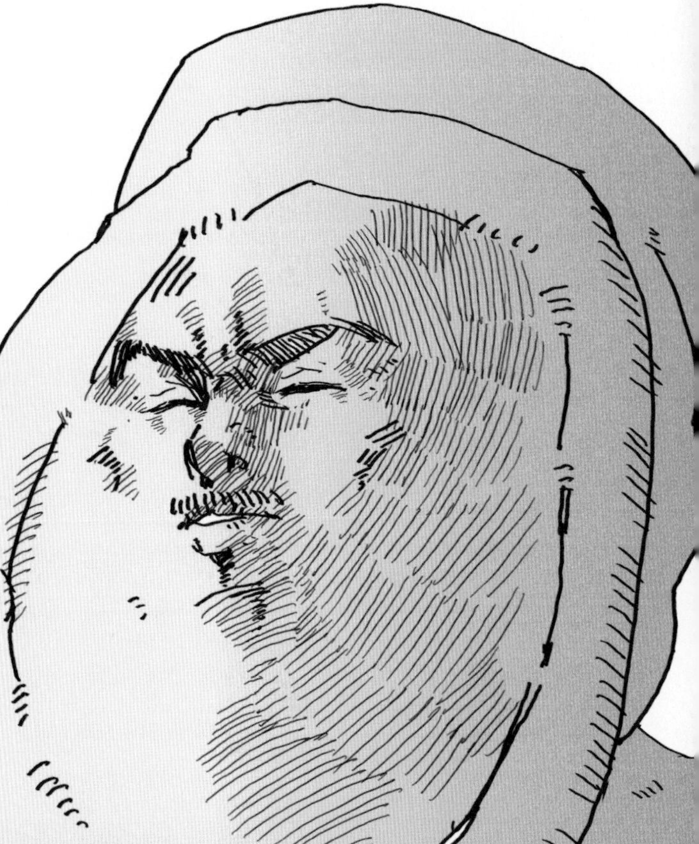

我聞到　文明
但歧視與不容卻如此刺鼻
我聞到　經濟
這有多複雜我也無法說明
我聞到　政治
這麼晚的現在我才突然好想
台灣獨立
我聞到　教育
「這部分不考，不用關心」
我聞到　健保
看起來非常不錯
但內部絕對
出了非常大的問題

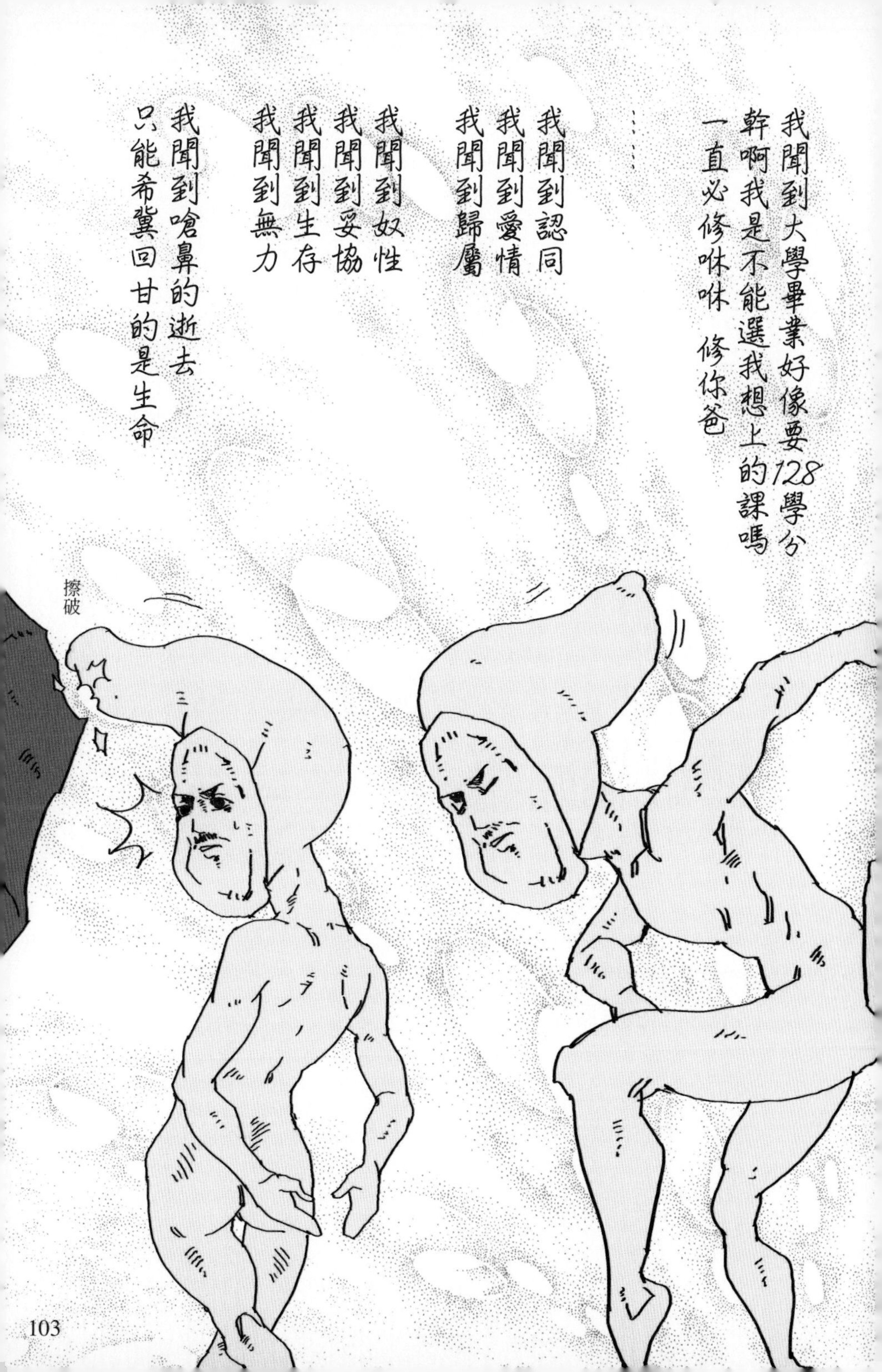
我聞到大學畢業好像要128學分
幹啊我是不能選我想上的課嗎
一直必修咻咻 修你爸
……
我聞到認同
我聞到愛情
我聞到歸屬
我聞到奴性
我聞到妥協
我聞到生存
我聞到無力
我聞到嗆鼻的逝去
只能希冀回甘的是生命
擦破

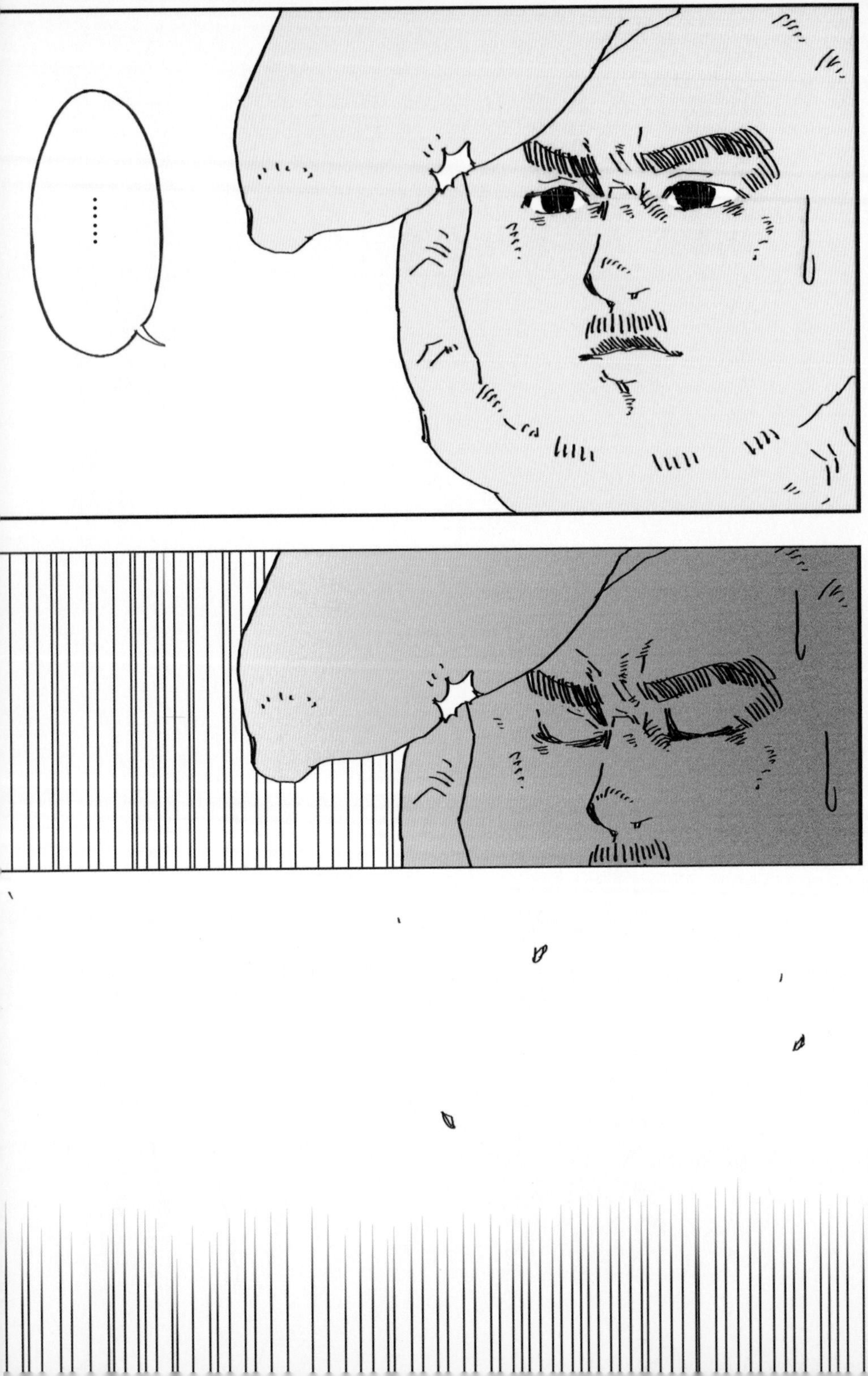

[山小提醒]
保險套的功能除了避孕以外，
預防性病也非常重要哦！

 END

Chapter. 啊、手機殼君

有一天我的 i5 手機殼被人摔爛了，
我在傷心之餘畫了這篇故事。

我想這大概就像那個……Adele 在
失戀後寫出敲好聽的〈Someone
like you〉一樣吧。

我是一個手機殼，
我現在要去救公主了。

公主私逃出城，遇到淫山賊了。
呵呵呵，就讓我來包覆溫暖你吧！
別、別過來！
3C 斬
給我滾離公主！
呀~~
！

森 泉助
手機殼（24）

五十嵐 千鶴
手機（21）

公主，請您和在下回城吧。您的父親也……
回到城中、等著嫁到鄰國當人質，好締結同盟——是嗎？
……
吶，泉助，

乾脆我們兩個一起……逃走吧？

只要我們兩個人逃到一個誰也不知道的……
公主。
求您和在下回城吧。
謝謝你。
!

I ♡ my Brother

夏實……妳摔到什麼了嗎？
哥、哥哥！
朝比奈 秋彥
中學生（15）
原來如此，不小心摔到手機了，但幸好有手機殼，手機沒事呢。
朝比奈 夏實
小學生（11）
夏實，只要你和手機沒受傷就好……
哥哥……
I ♡ my Brother
至於已經摔壞和弄髒的破爛手機殼嘛……
惡
還是得將他們……徹底踩成渣才行呢。

公主您……沒受傷吧？
笨……為什麼要為了我……
在下森泉助，此生能侍奉……
肛……主？

這麼一來就、踩乾淨了呢。
我會為妳踩碎那些討厭的壞東西的……夏實。
哥哥……

Chapter. 獅子君 II

——總之這就是高永夏の故事

我很喜歡下象棋。

在一來一往的過程中，
一局棋的可能性從無限變成有限……
到最後能發展的方向可能屈指可數，
然後結局。

長大後，我越來越享受那個推敲對手
在想什麼、一起和對方將可能性縮減
的過程。

啊……不過我圍棋下得非常糟糕。

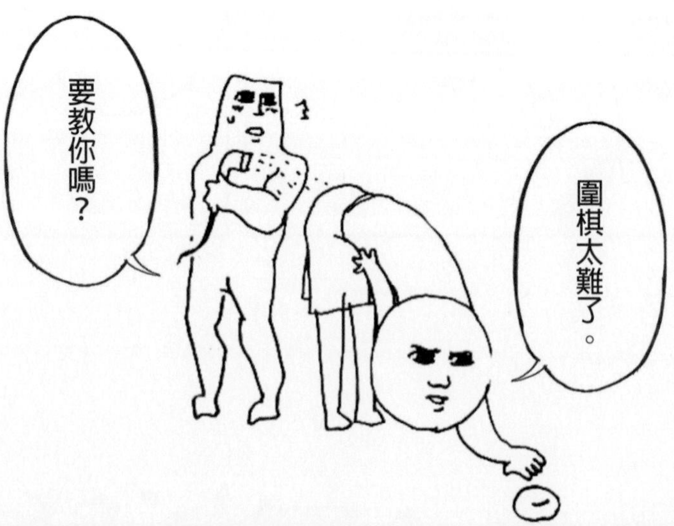

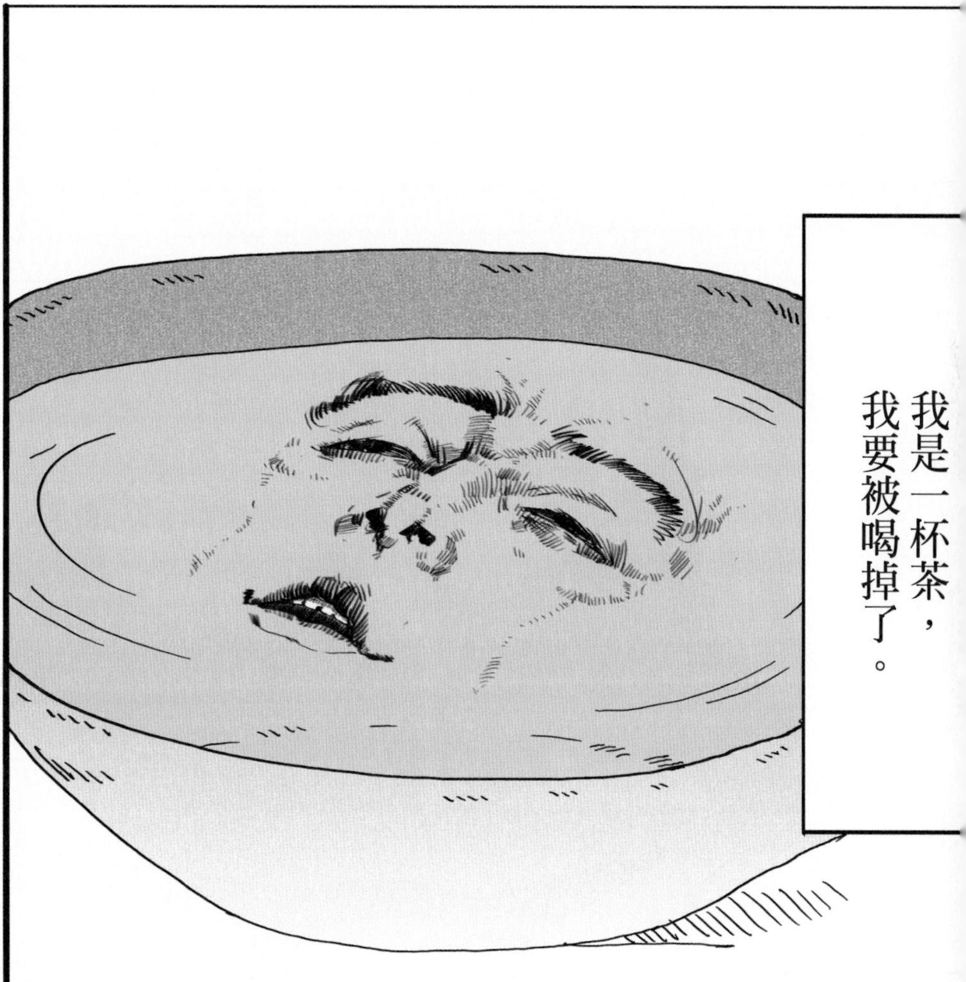
我是一杯茶，
我要被喝掉了。

——不錯的茶。
你的覺悟已經透過這杯茶進入我的體內，
看來今天，似乎不需要再讓你子了呢。
速水 道三
刺蝟（56）

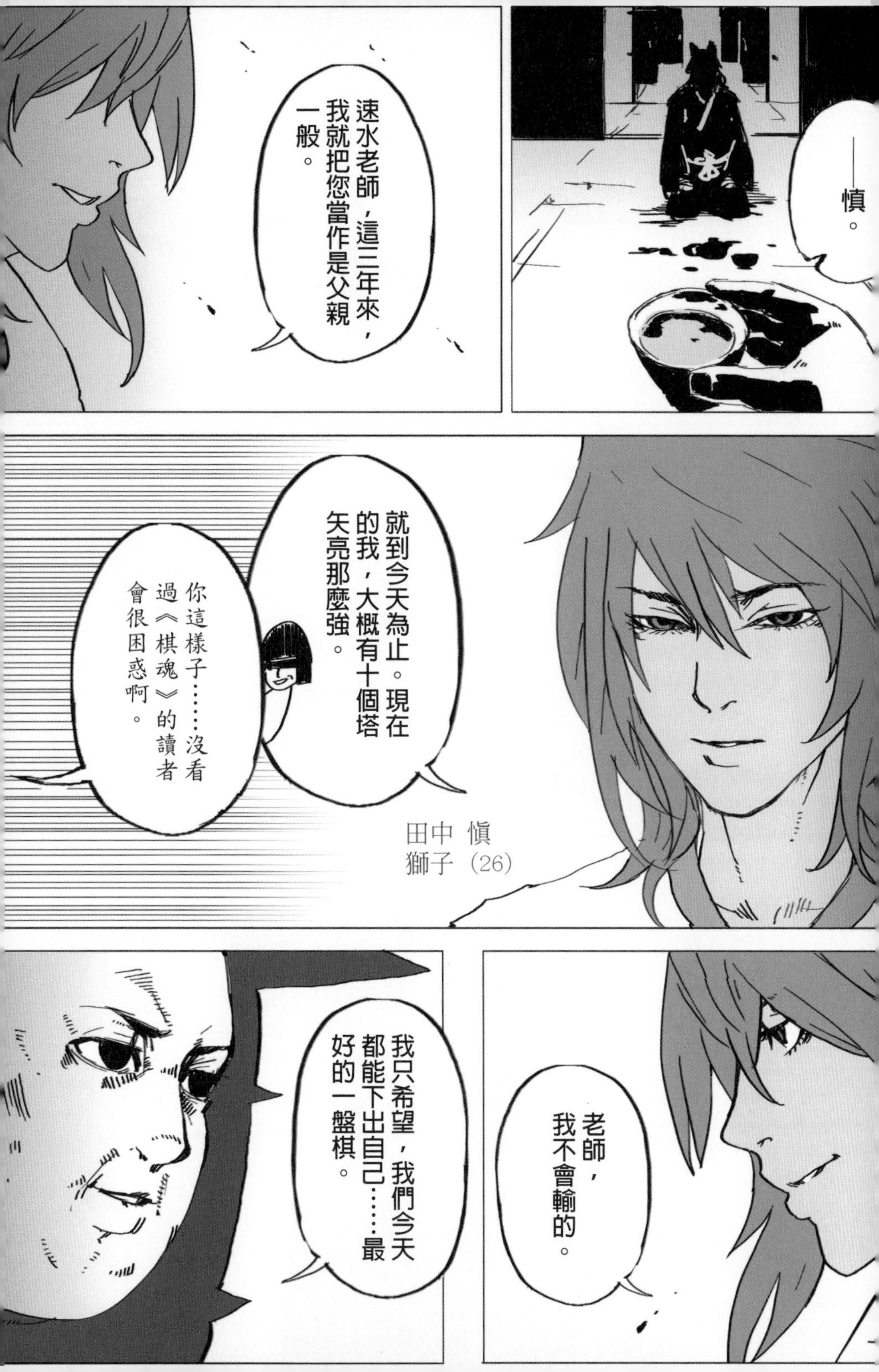
——慎。
速水老師，這三年來，我就把您當作是父親一般。
就到今天為止。現在的我，大概有十個塔矢亮那麼強。
田中 慎
獅子（26）
你這樣子……沒看過《棋魂》的讀者會很困惑啊。
老師，我不會輸的。
我只希望，我們今天都能下出自己……最好的一盤棋。

老師，你還不打算攻過來嗎……？
天眞！你不過來的話，
我就先將刀指向你的咽喉！

閃過
被閃過了？
不對——
不只閃過了，還反過來利用我這手！
糟、糟糕！
再這樣下去，我的黑子……

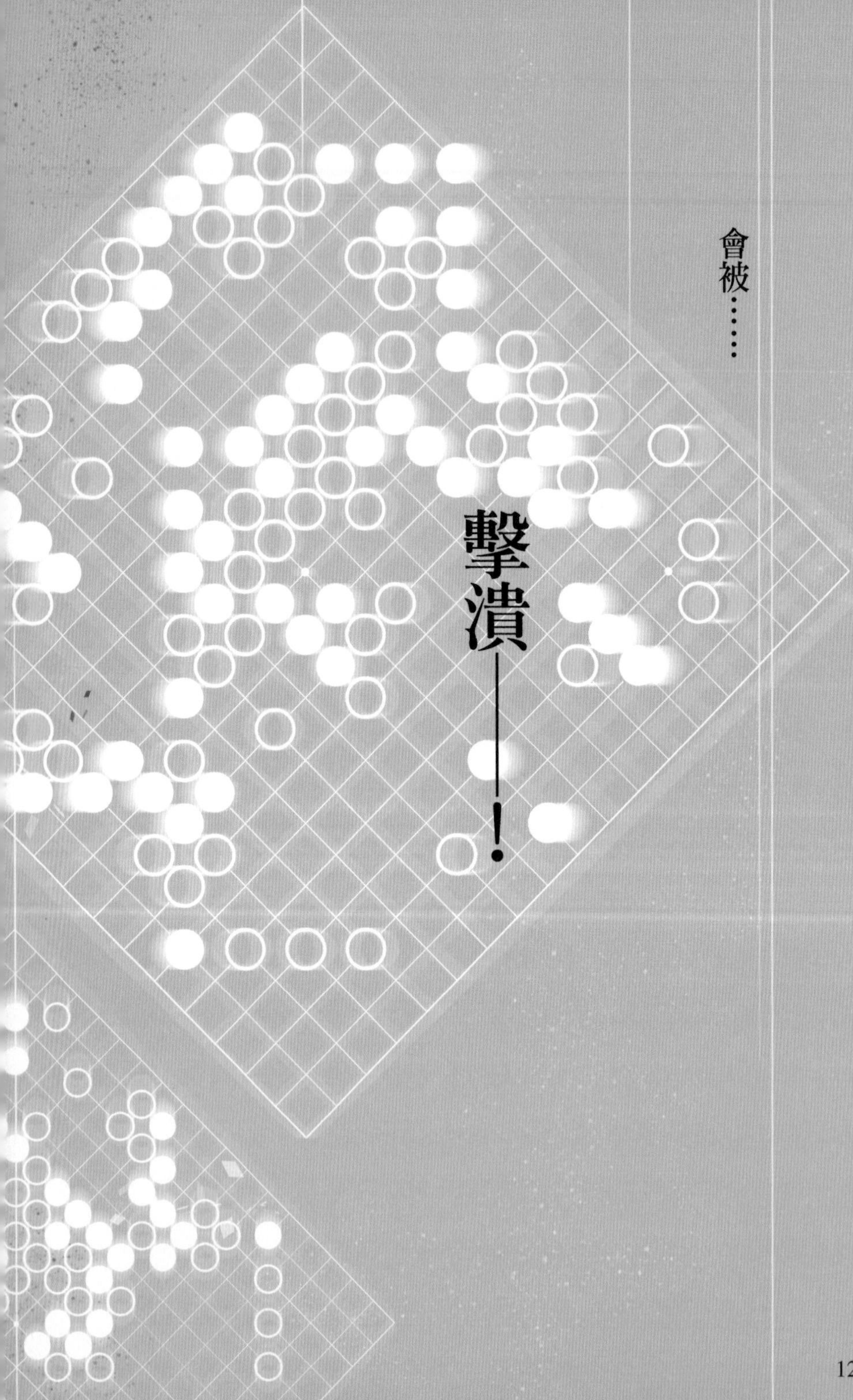

會被……

擊潰——！

……
剛剛……好像有奇怪的畫風出現……
話說……作者半夜在作畫時，有點累不小心將自己畢業創作畫的遊戲角色放進漫畫裡然後漫畫也順便出書了……這種事也很常見呢。

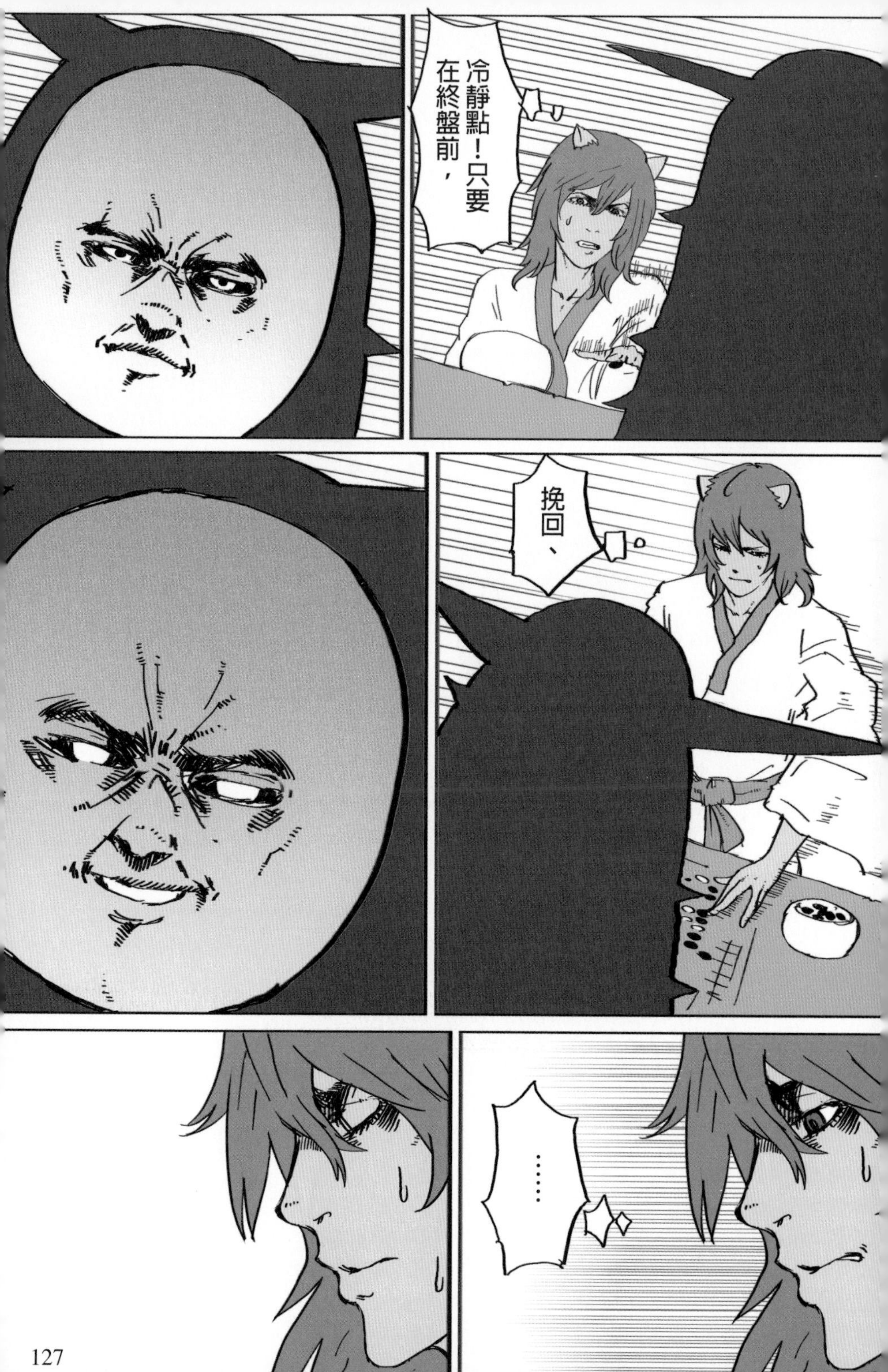
冷靜點！只要在終盤前，
挽回、
……

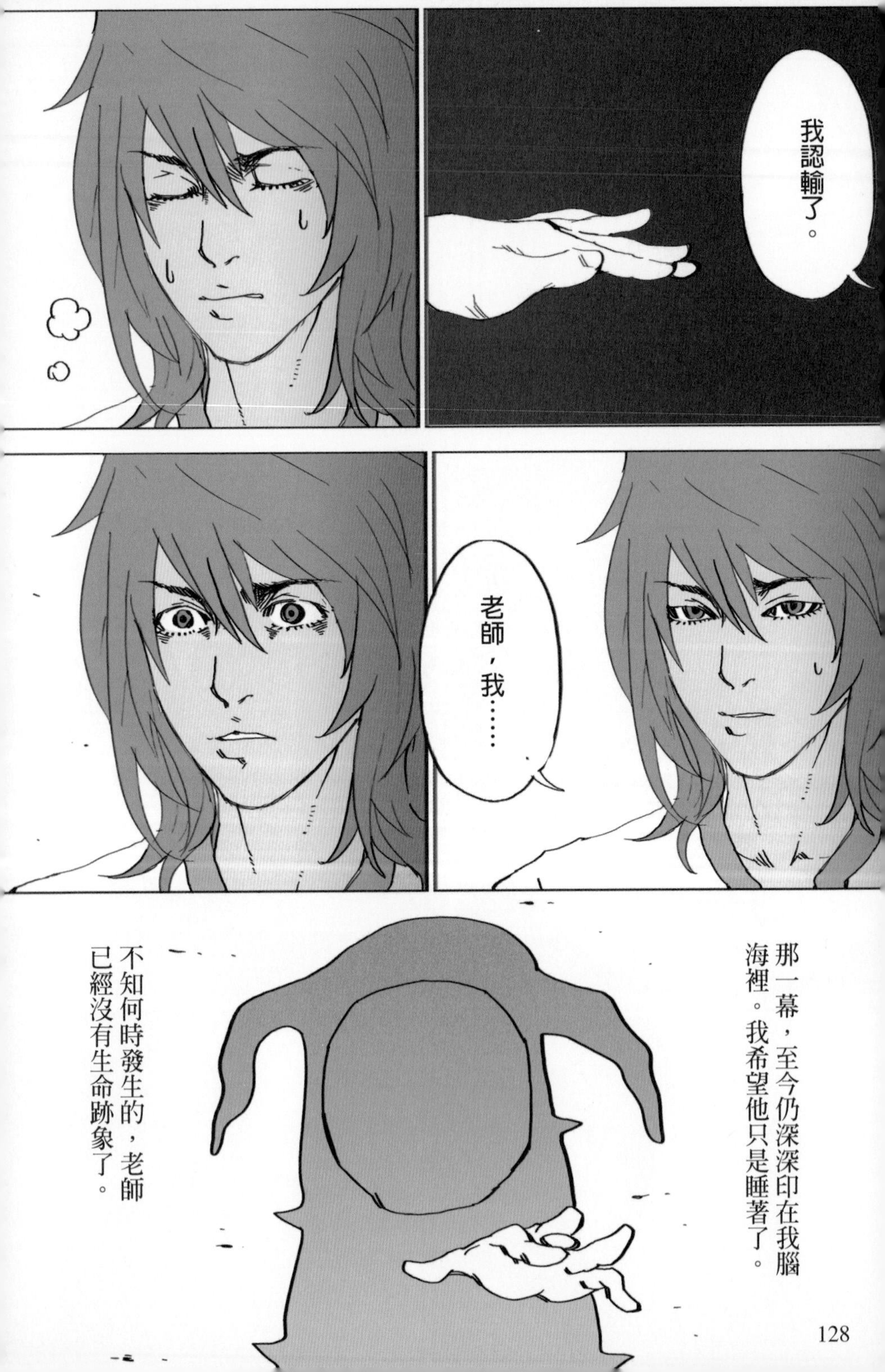
我認輸了。
老師，我……
那一幕，至今仍深深印在我腦海裡。我希望他只是睡著了。
不知何時發生的，老師已經沒有生命跡象了。

老師……？
喂……別在那裝睡啊。
老師、再來一局吧，這次我不會輸的……
別連一次反敗的機會都不留給我……
別……

別留下我一個…………！

還有很多話想對你說。
速水老師，
我認輸了。
你不用圍棋打我的話……
我是不會讓你吃的唷！
——感謝賜教。
……但現在，我想這四個字就夠了。
今後也請……
END

Chapter. 鷸蚌相爭

在漁翁得利之前，
鷸鳥與肉蚌交錯的青春故事。

我是一隻肉蚌，
我正在做日光浴。

藤澤 佑人
肉蚌（18）
…
嗯？
立花 詩音
鷸鳥（19）
妳……妳是……！
呵呵……是我的菜呢。
等等……妳的鳥喙位置

對了，鷸鳥大概
是長這個樣子。

那麼，我要來享用
你這個肉蚌了。
闔上
……
被夾住了……

仔細一看，她還滿可愛的……
湊近
!?
幹、幹什麼！
吻我。
我的右後方十公尺有一個漁夫。
現在不和我假裝成情侶的話，……被他認出來，我們都是死路一條。

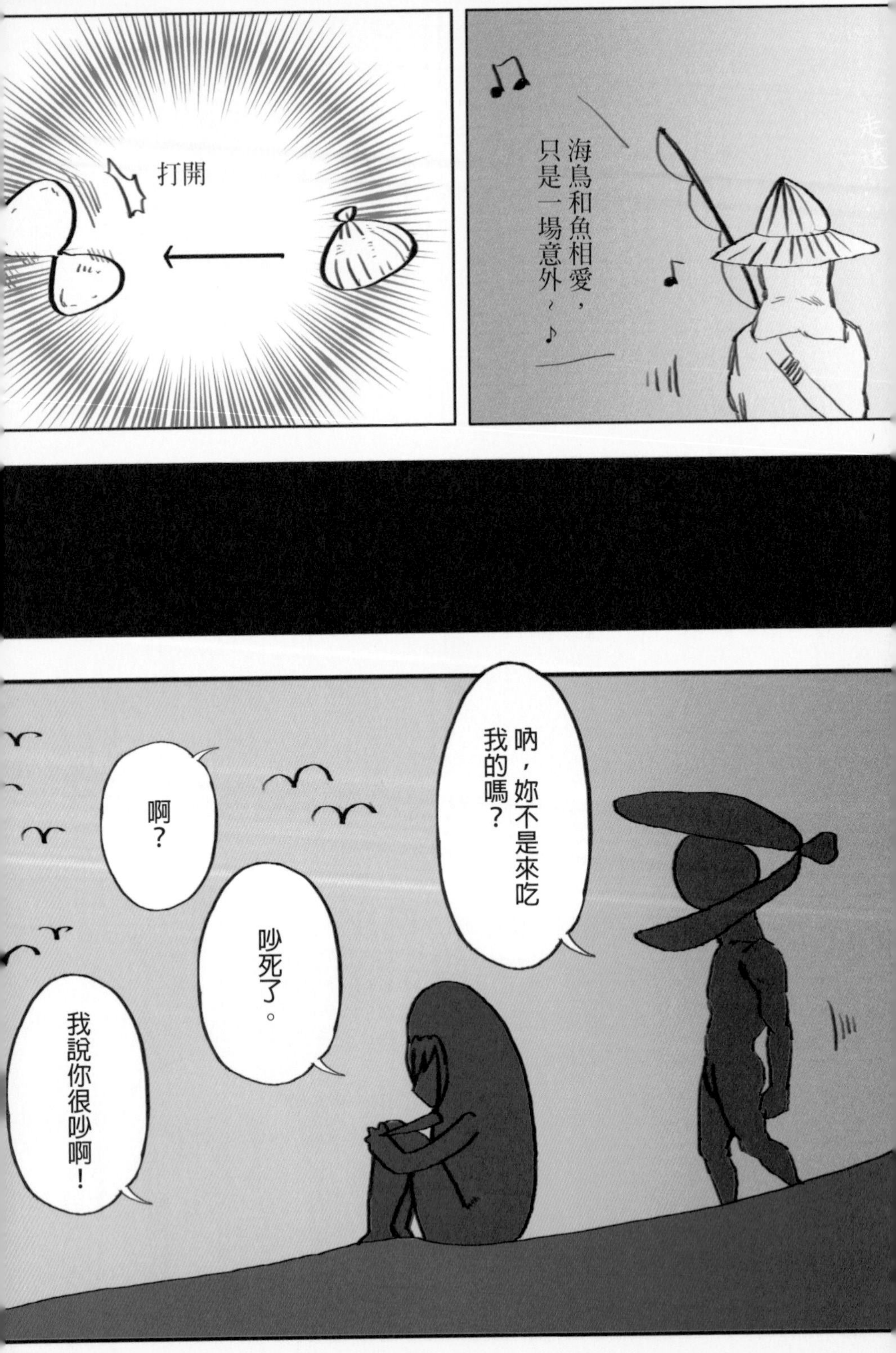
海鳥和魚相愛，只是一場意外～♪
打開
吶，妳不是來吃我的嗎？
吵死了。
啊？
我說你很吵啊！

 END

肉蚌の承諾！
次回、兩人將……

Menu. 番茄炒蛋Ⅱ

我是眞的……還滿喜歡番茄的。
這次我會努力的。

這次……
不會再騙大家了。

這一次……請準備
一顆番茄和三顆蛋。

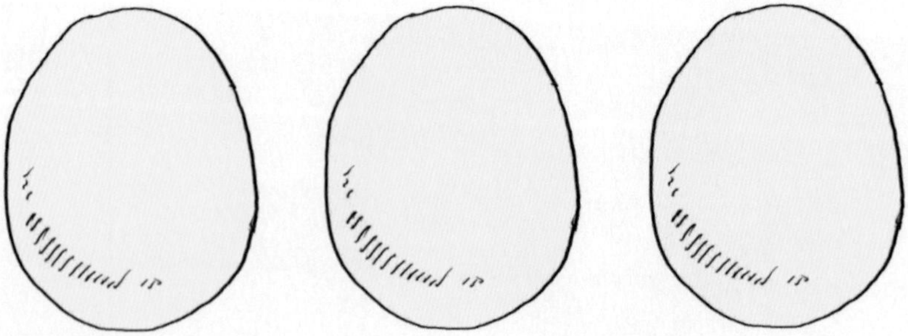

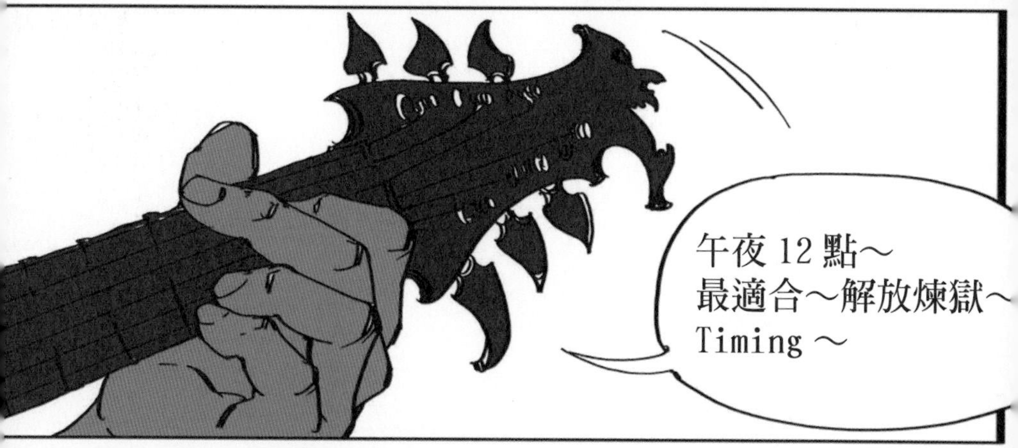
午夜 12 點～
最適合～解放煉獄～
Timing ～

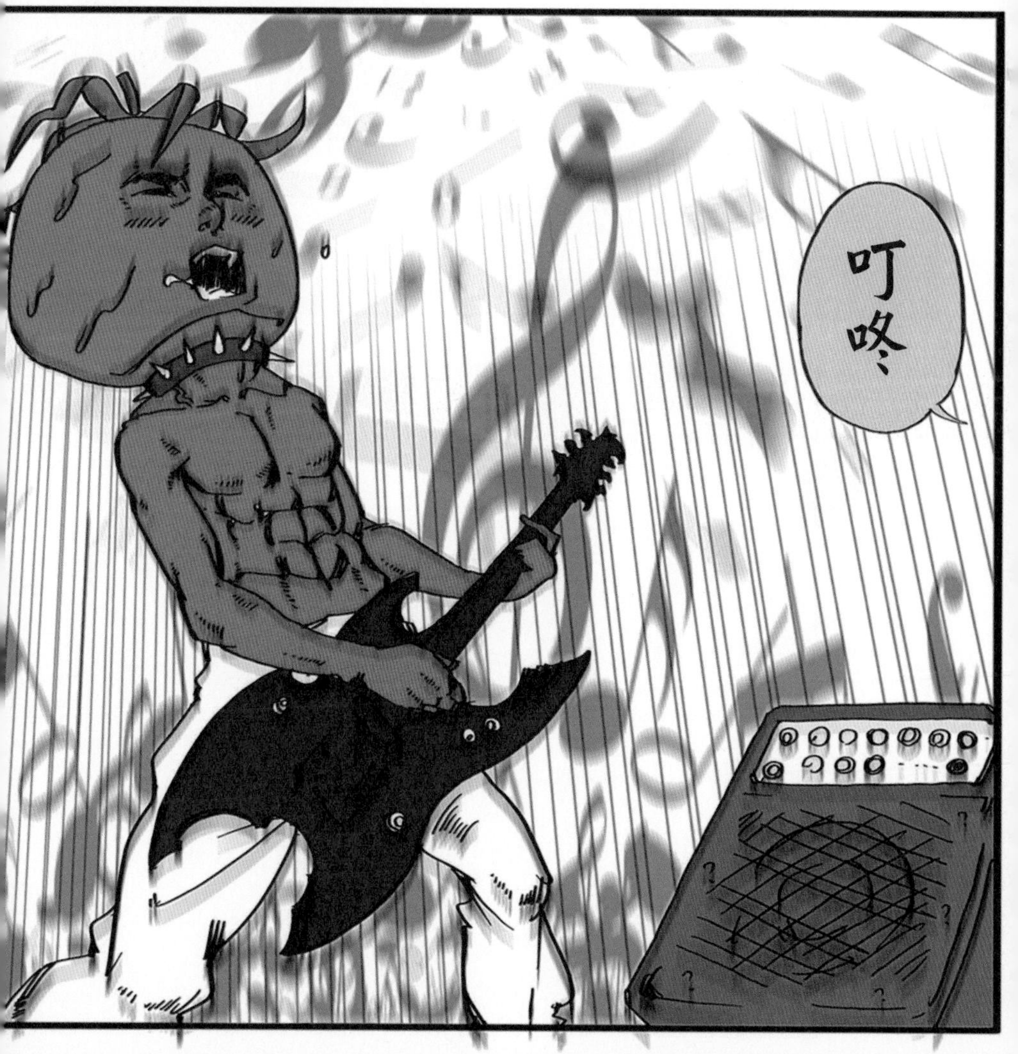
叮咚、

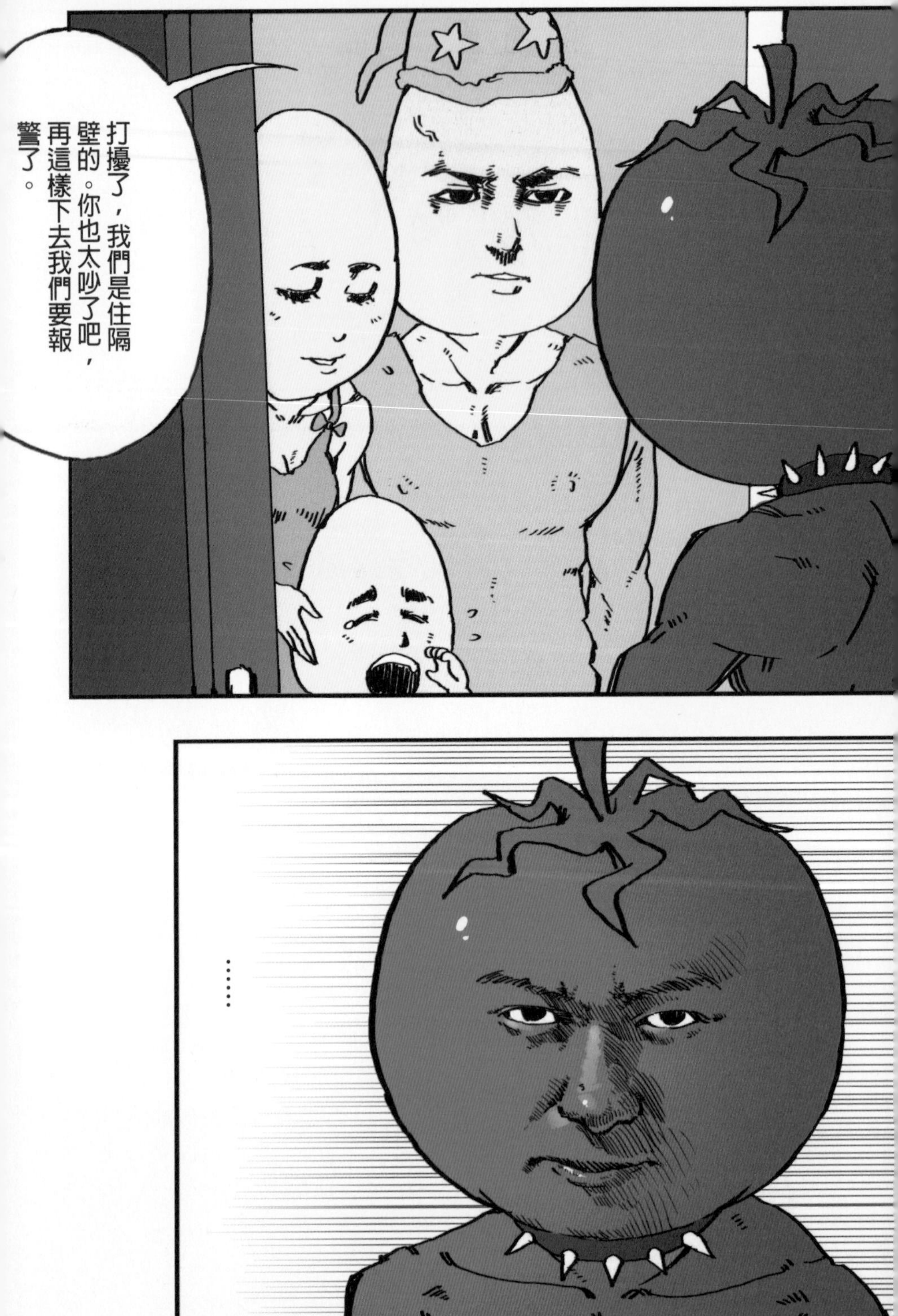
打擾了，我們是住隔壁的。你也太吵了吧，再這樣下去我們要報警了。
……

次回、光

對音樂的堅持面臨挑戰！
次回、從國中開始玩音樂、高
中大學都參加熱音社、賭上夢
想的番茄將——！？

 END

Chapter. 童亞畫室 II

今年寒假的紐約非常冷。眞的是靠北冷所以我在塗鴉本上留下一點紀錄。

在自然史博物館的某一區我拿出本子隨意寫生，過不久一位老奶奶和一些年輕人跑來想借我的本子看。他們看到左頁這張圖和一些山本的人物時不斷笑著：「……眞怪胎！」

哼，我就當作是稱讚了。

我喜歡畫畫。
我想成爲一位插（略——）
佐久間 一馬
學生（17）
國家、世界和社會、家庭到處都有悲傷的事在發生。我希望能在這幅新作中產生讓人有所共鳴的衝擊。
山本先生，您在做什麼？
山本
我想靠近點看啊，一馬。
啊啊……世界嗎？
我想藉這張圖表達出世界的……內個……
運用我擅長的顏色……什麼的……

希望能讓觀者有所共鳴和、衝擊……
衝擊嗎……嗯，我感受到一馬你狠狠的衝擊了呢。
一馬你呢？有感受到我和你的……共鳴嗎？
山、山本先生……
……
……
次回、經過畫室考慮幫小孩報名一期課程試試看卻看到這副情景不知道該怎麼辦的父親將——!?
內田 光一
上班族（47）
END

聽說太常用腳架停機車的話，輪胎可能會變形唷！

Chapter. 腳架協奏曲

我常常騎車忘了踢起腳架然後一騎就「gi——」。有一天我又忘了踢，結果一起步竟然演奏出了非常美妙的聲音。

這是……腳架和地面磨擦的聲音！
嘰嘰嘰嘰嘰
而且旋律和節奏剛好和莫札特C調第二十一號鋼琴協奏曲第三章第二小節一致！
啊，不行了……再不趕快把腳架踢起來……
這樣聽這個聲音下去的話，我會……

 END

Chapter. 精際效應 II

我不太認同只爲了傳宗接代或養兒防老這類的原因而生育後代的人們。

如果沒有做好心理準備、負擔得起小孩在人類社會群體中成爲成熟獨立個體前的一切，就不應該隨便地創造生命。

小孩又無法決定自己要不要或想不想被生下來。

嗯，我是這樣想的啦！

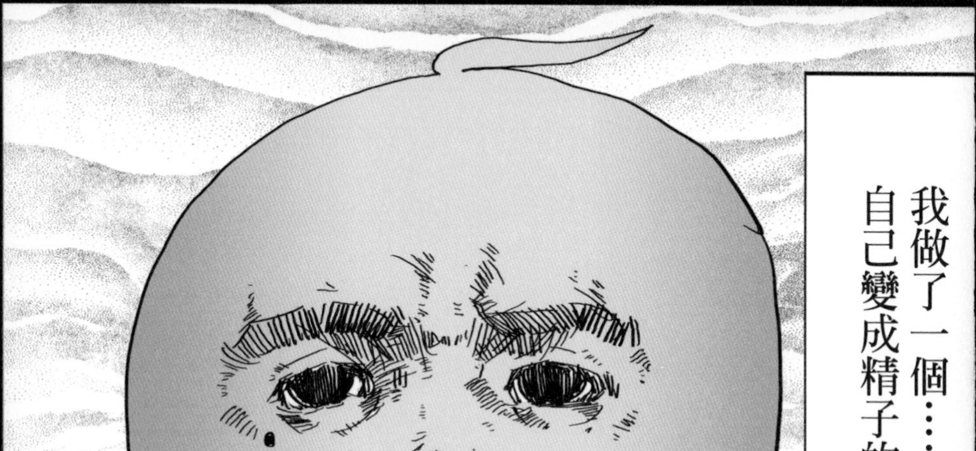
我做了一個……
自己變成精子的夢。

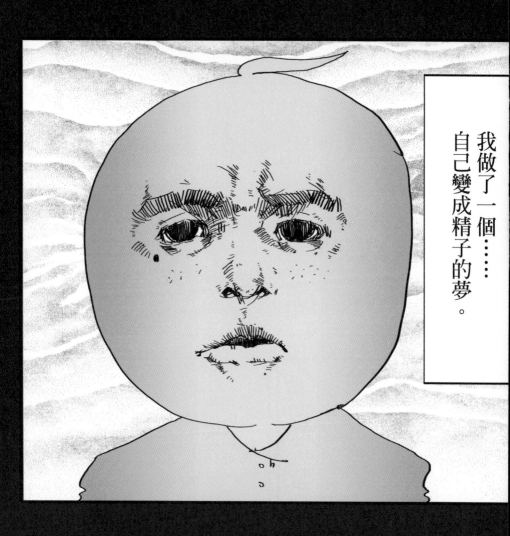

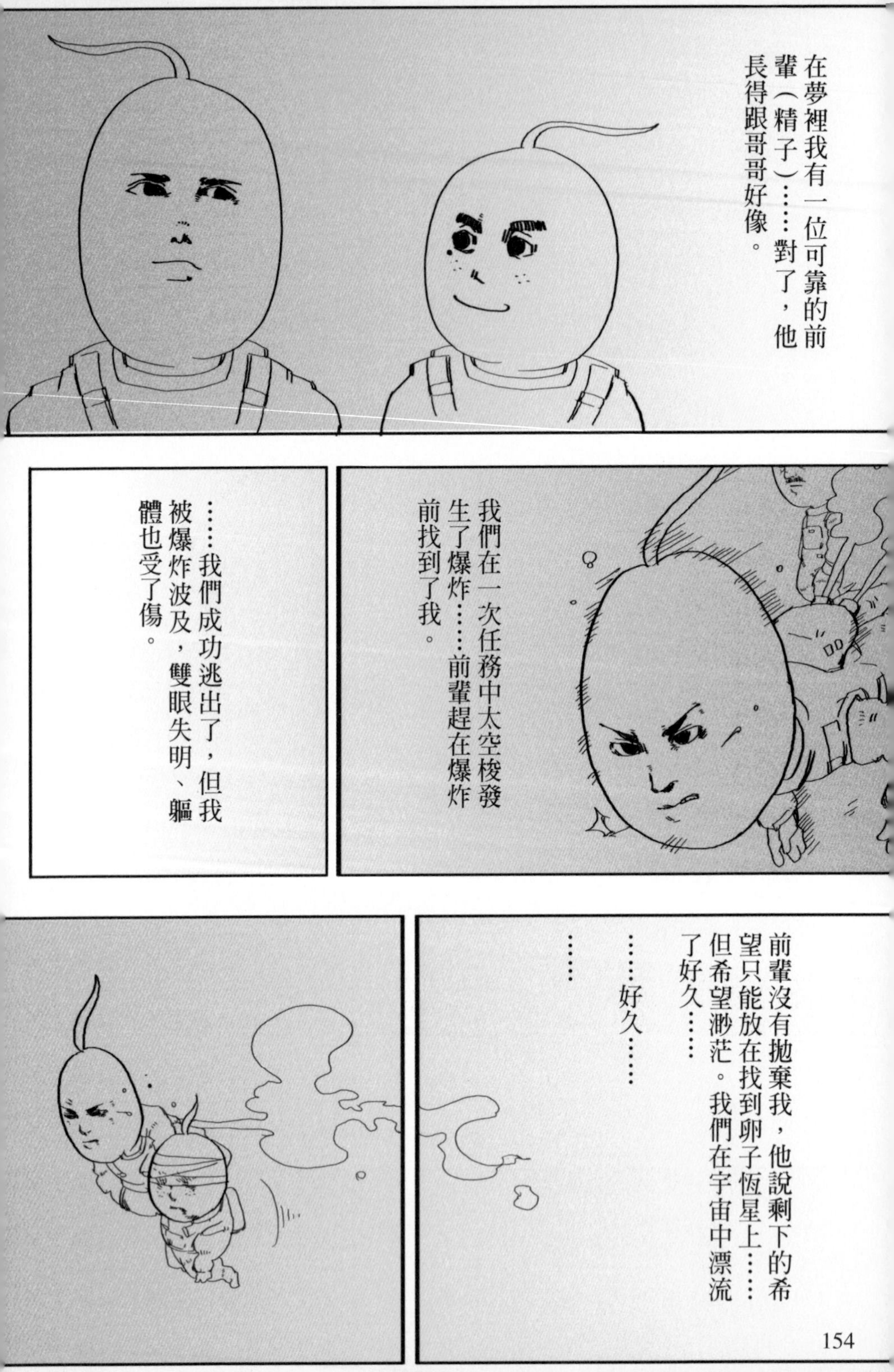
在夢裡我有一位可靠的前輩（精子）……對了，他長得跟哥哥好像。
我們在一次任務中太空梭發生了爆炸……前輩趕在爆炸前找到了我。
……我們成功逃出了，但我被爆炸波及，雙眼失明、軀體也受了傷。
前輩沒有拋棄我，他說剩下的希望只能放在找到卵子恆星上……但希望渺茫。我們在宇宙中漂流了好久……
……好久……
……

……最後怎麼了？
我想不起來。
……
起身

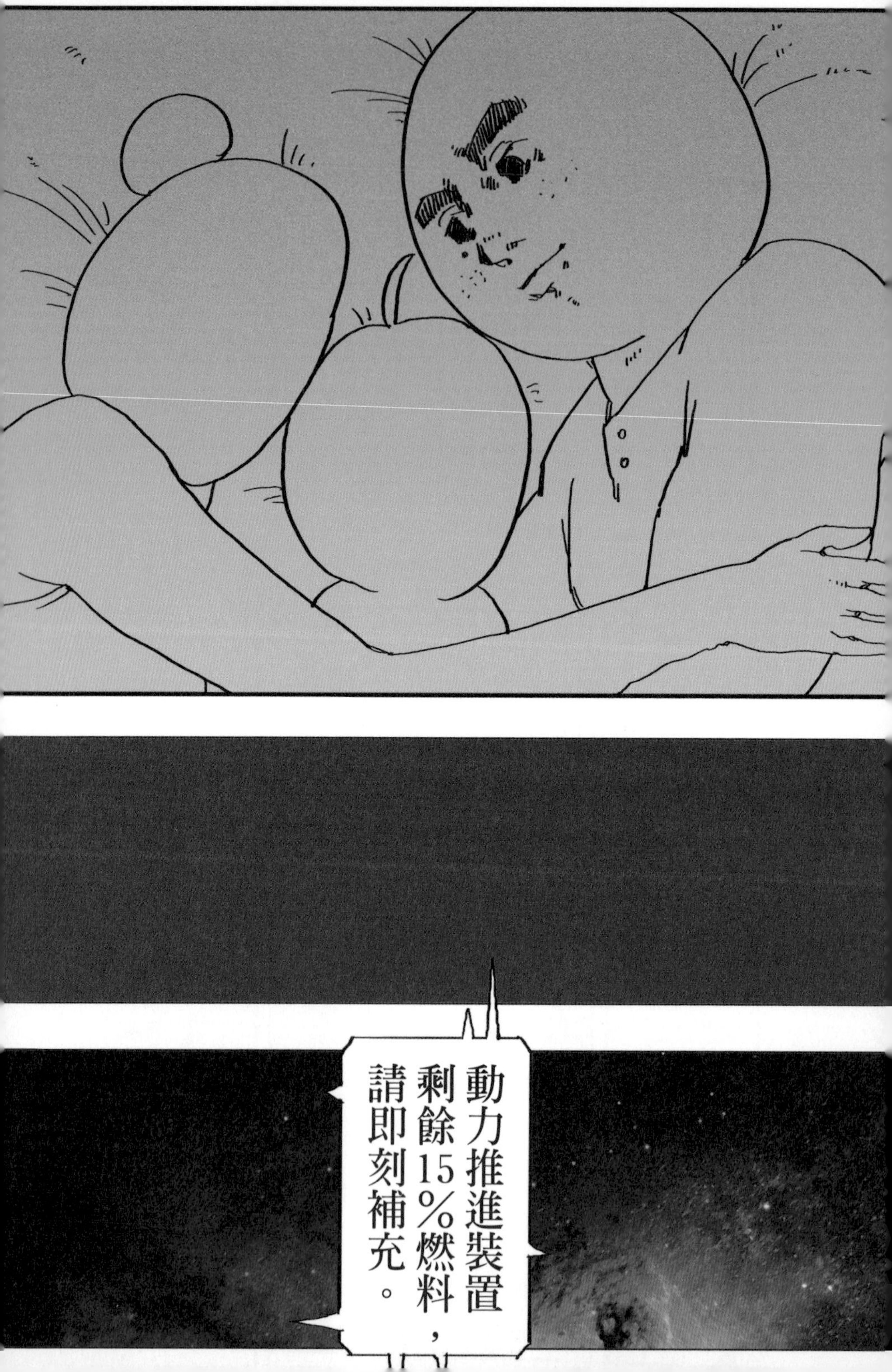
動力推進裝置剩餘15%燃料，請即刻補充。

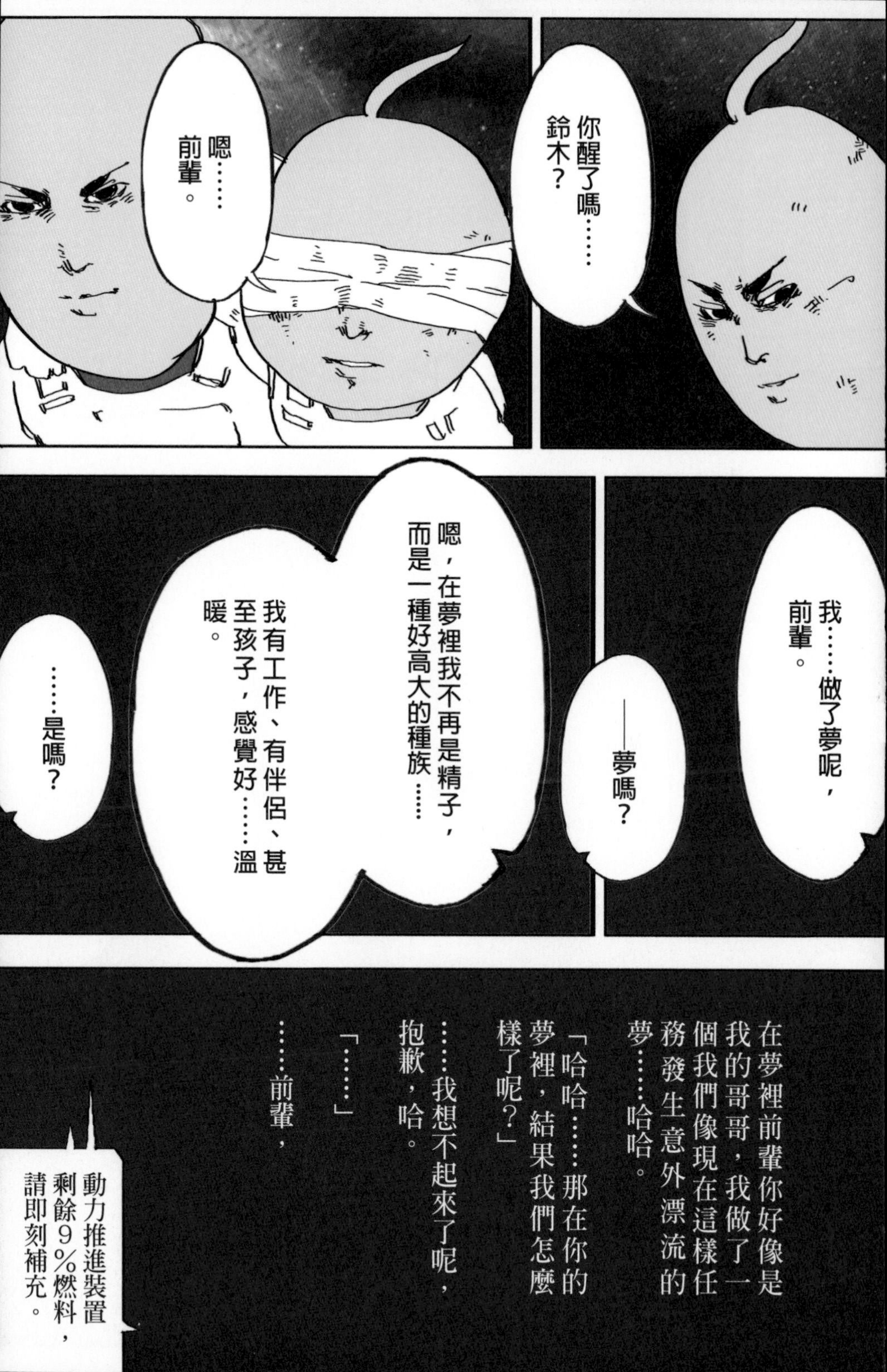
你醒了嗎……
鈴木？
嗯……
前輩。
我……做了夢呢，
前輩。
──夢嗎？
嗯，在夢裡我不再是精子，
而是一種好高大的種族……
我有工作、有伴侶、甚至孩子，感覺好……溫暖。
……是嗎？
在夢裡前輩你好像是我的哥哥，我做了一個我們像現在這樣任務發生意外漂流的夢……哈哈。
「哈哈……那在你的夢裡，結果我們怎麼樣了呢？」
……我想不起來了呢，抱歉，哈。
「……」
……前輩，
動力推進裝置剩餘9%燃料，請即刻補充。

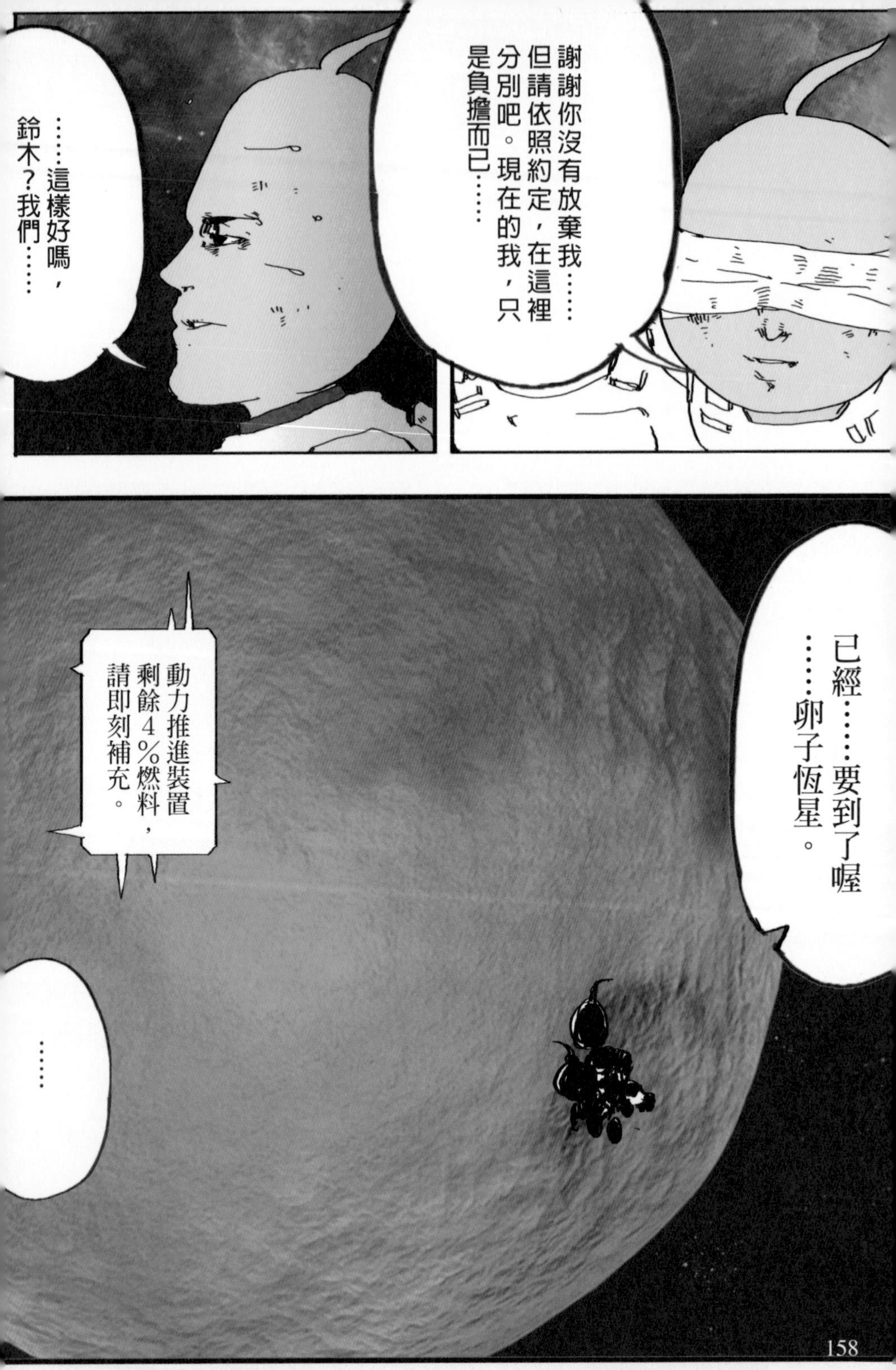
謝謝你沒有放棄我……但請依照約定，在這裡分別吧。現在的我，只是負擔而已……
……這樣好嗎，鈴木？我們……
已經……要到了喔……卵子恆星。
動力推進裝置剩餘4％燃料，請即刻補充。
……

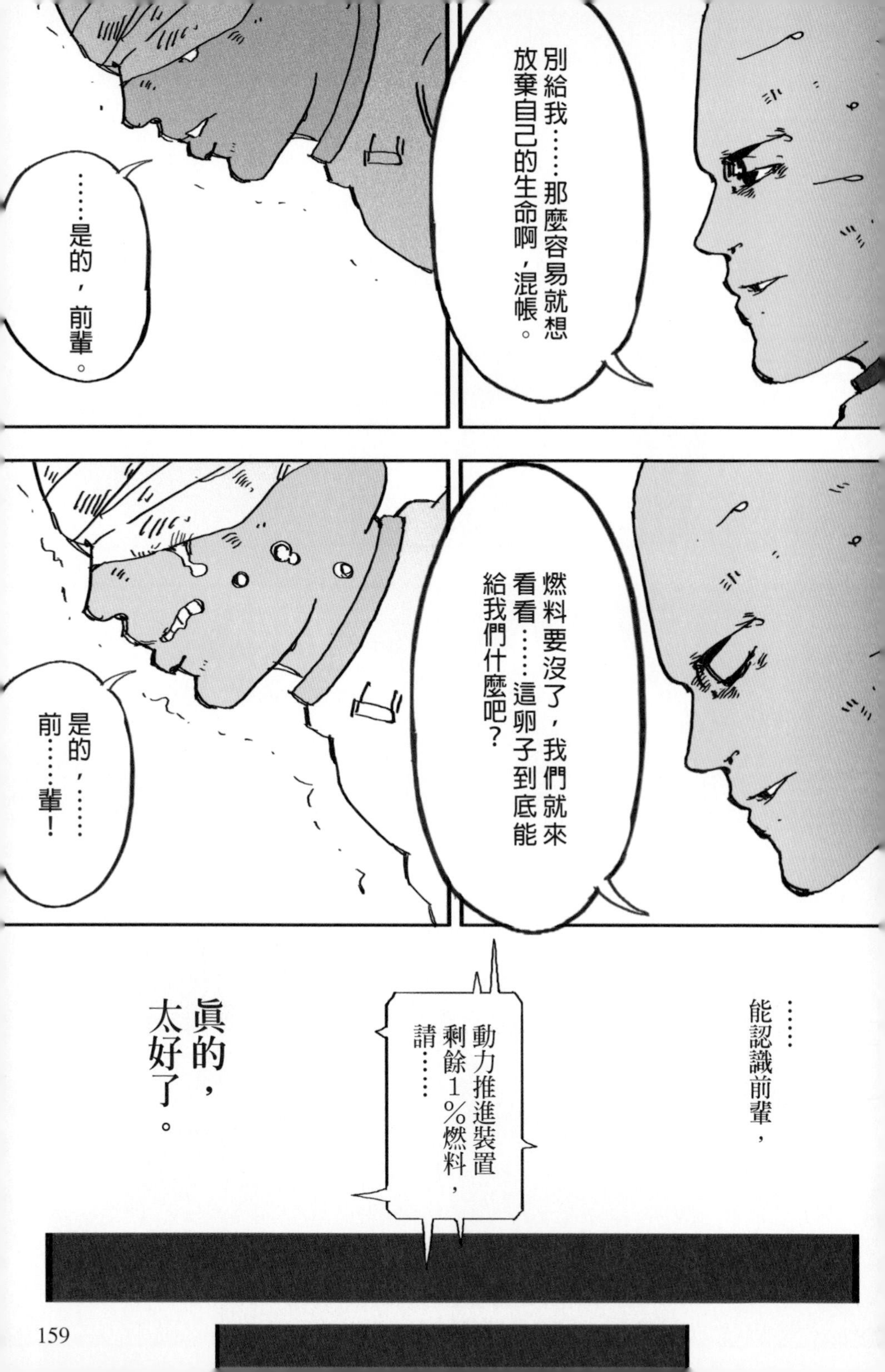
別給我……那麼容易就想放棄自己的生命啊，混帳。
……是的，前輩。
燃料要沒了，我們就來看看……這卵子到底能給我們什麼吧？
是的，……前……輩！
……能認識前輩，
動力推進裝置剩餘1％燃料，請……
眞的，太好了。

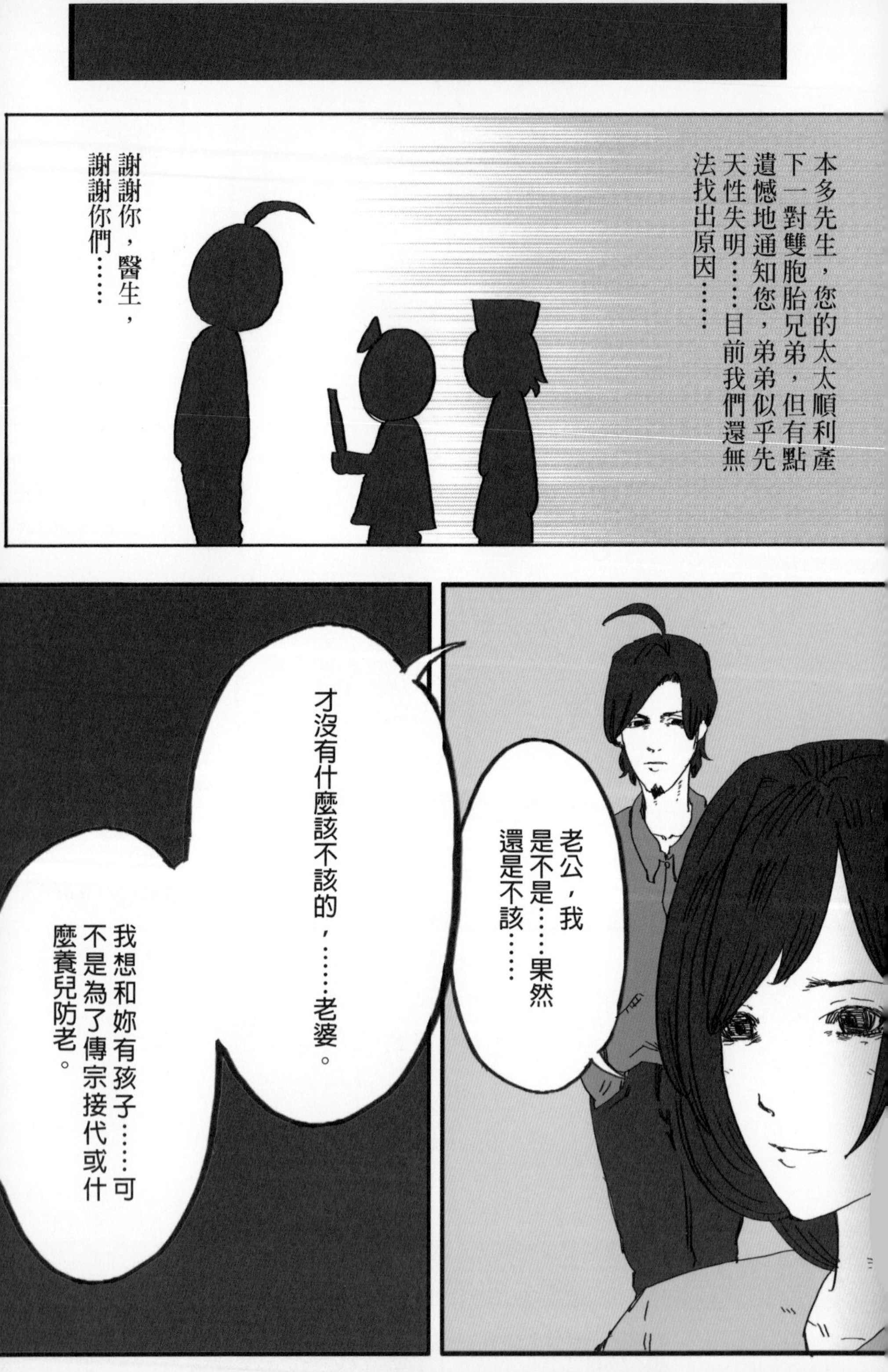
本多先生，您的太太順利產下一對雙胞胎兄弟，但有點遺憾地通知您，弟弟似乎先天性失明……目前我們還無法找出原因……
謝謝你，醫生，謝謝你們……
老公，我是不是……果然還是不該……
才沒有什麼該不該的，……老婆。
我想和妳有孩子……可不是為了傳宗接代或什麼養兒防老。

……而是希望，以後我們的生活能更豐富，我也期待我們的生命因此而更有趣、美滿完整。
所以別再那麼輕易想放棄一條生命了。
……是的。
END

Chapter. 啊、保險套君Ⅱ

曾經看過這麼一句話：「一切及於黏膜的行爲過度都會致命。」雖然讓我想到一些困惑的東西，但大家還是小心謹愼一點比較好吧。

「過分小心一千次也不打緊，魯莽送死一次也嫌多」嘛！

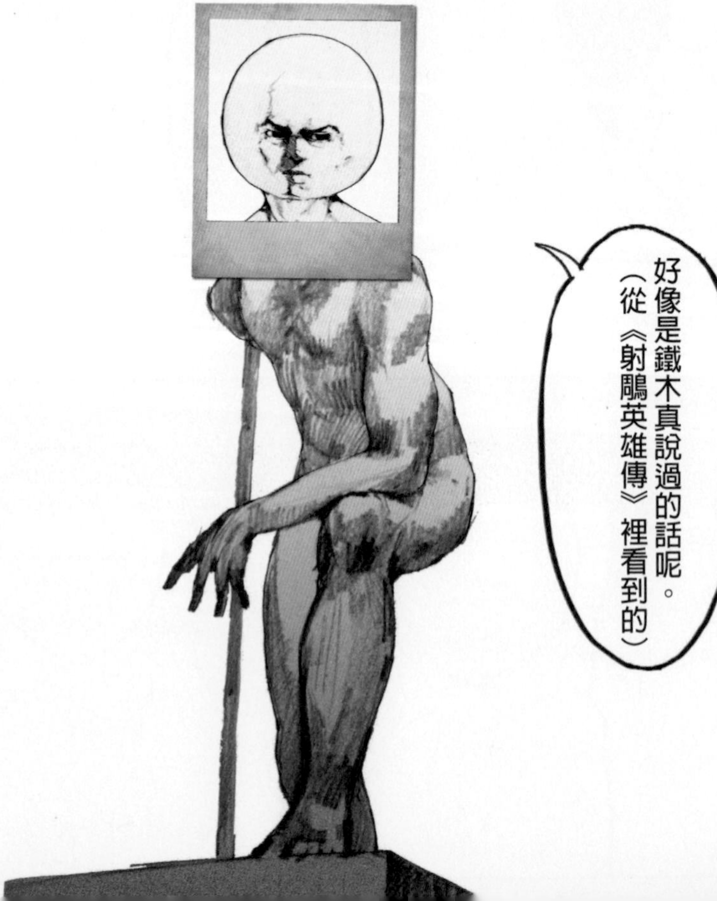
好像是鐵木真說過的話呢。
（從《射鵰英雄傳》裡看到的）

夏實，套子準備好了嗎？
好、好了！哥哥！
啊啊，那麼我也該準備一下才行呢！
朝比奈 夏實
小學生（11）
朝比奈 秋彥
中學生（15）
!

把套子拿出來吧，夏實，要來做了……
做保險套究竟裝進多少水才會破掉的……水球張力實驗！
這可是非常重要的科學問題！

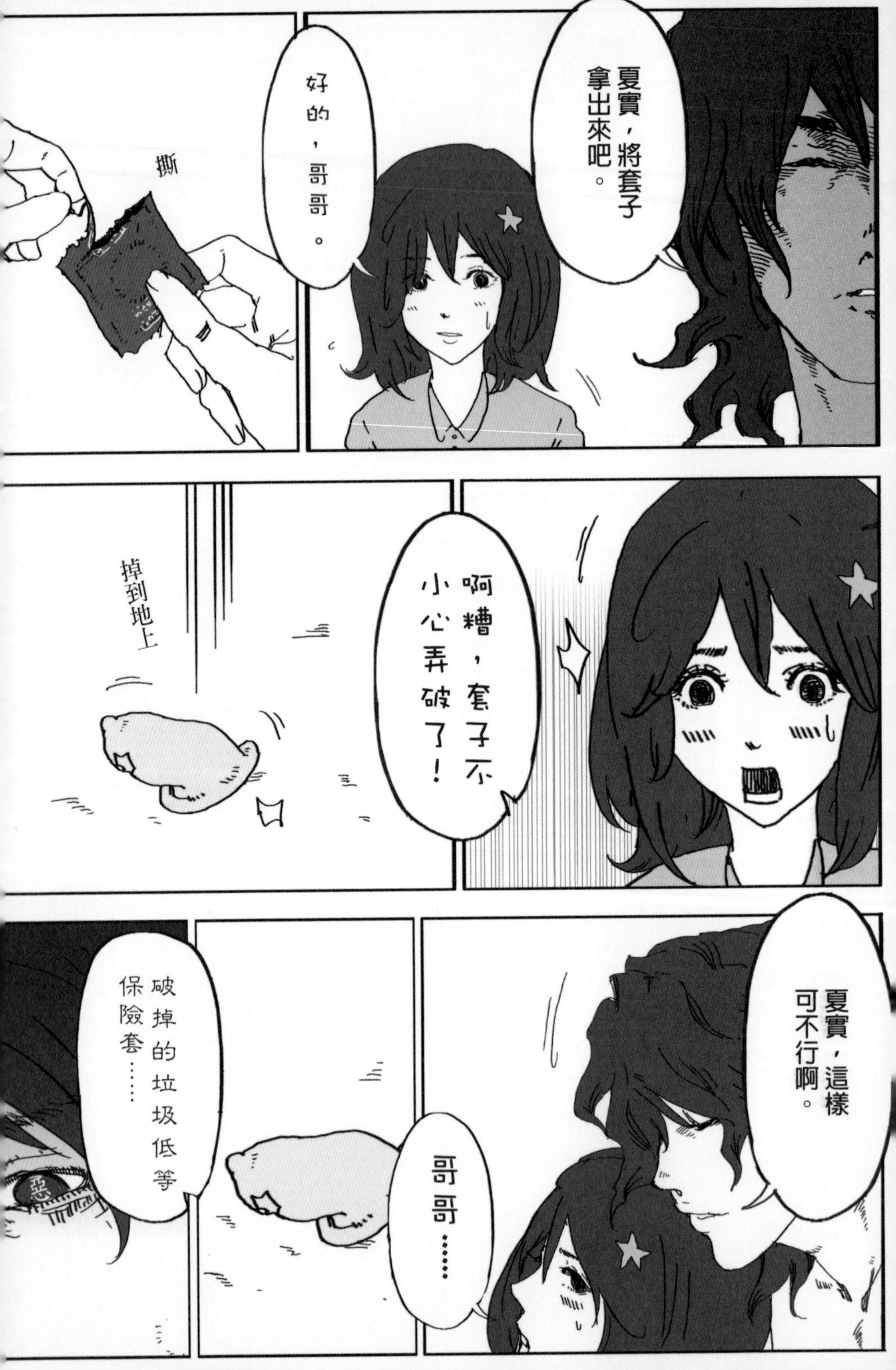
夏實，將套子拿出來吧。
好的，哥哥。
撕
啊糟，套子不小心弄破了！
掉到地上
夏實，這樣可不行啊。
哥哥……
破掉的垃圾低等保險套……
惡

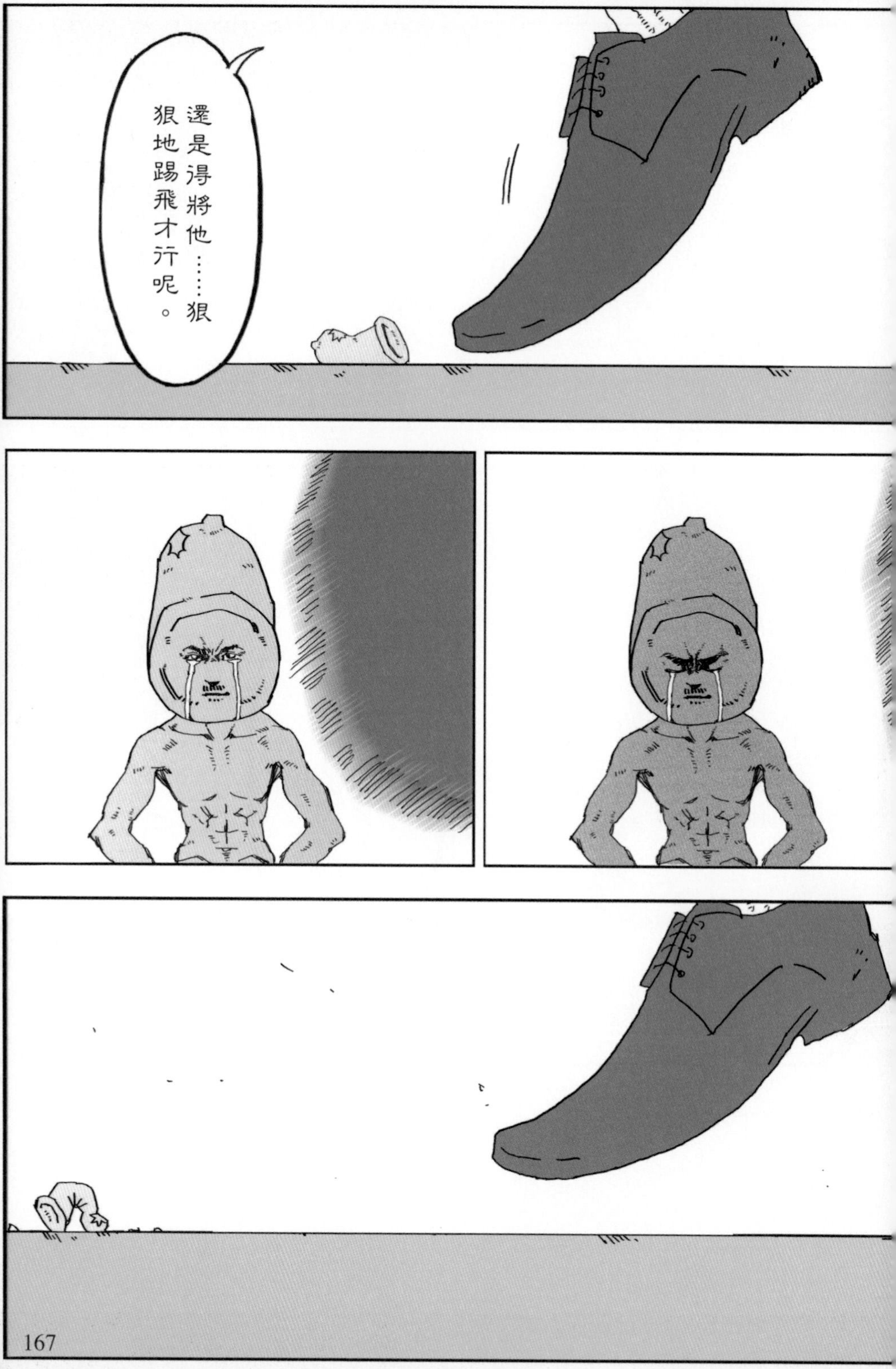
還是得將他……狠狠地踢飛才行呢。

這麼一來就、踢乾淨了呢。
我會為妳踢飛那些討厭的垃圾東西的……夏實。
哥哥……

我覺得啦……
哥哥脫衣服後好像變帥了呢！

 END

Chapter. 金莎君

（等等，女孩子的話……好像不該用「君」呢。）

我很喜歡吃金莎，眞的滿喜歡的。

不過前一陣子我的母親一口氣在機場特價還是什麼的買了五大盒回家後，我對金莎的愛老實說就稍微不比從前了。

「任何事物，過量都是不好的。」——這可是我奉行的座右銘之一，但我自己現在卻深陷過量的攝取金莎而導致邊際效益無法再對金莎抱有新鮮感，無法再快樂地享用他們。

我……很喜歡吃金莎。
FERRERO ROCHER

五粒裝的比較划算（應該是），可是一粒一粒拿出來的話，最後一顆就會很難用手指拿。

P.S. 雖然有網友一直舉出各種賣場有更划算的其他數量包裝，
但是我到處看往往都是五顆打折最便宜啊可惡！

因此每次拿最後一顆時，

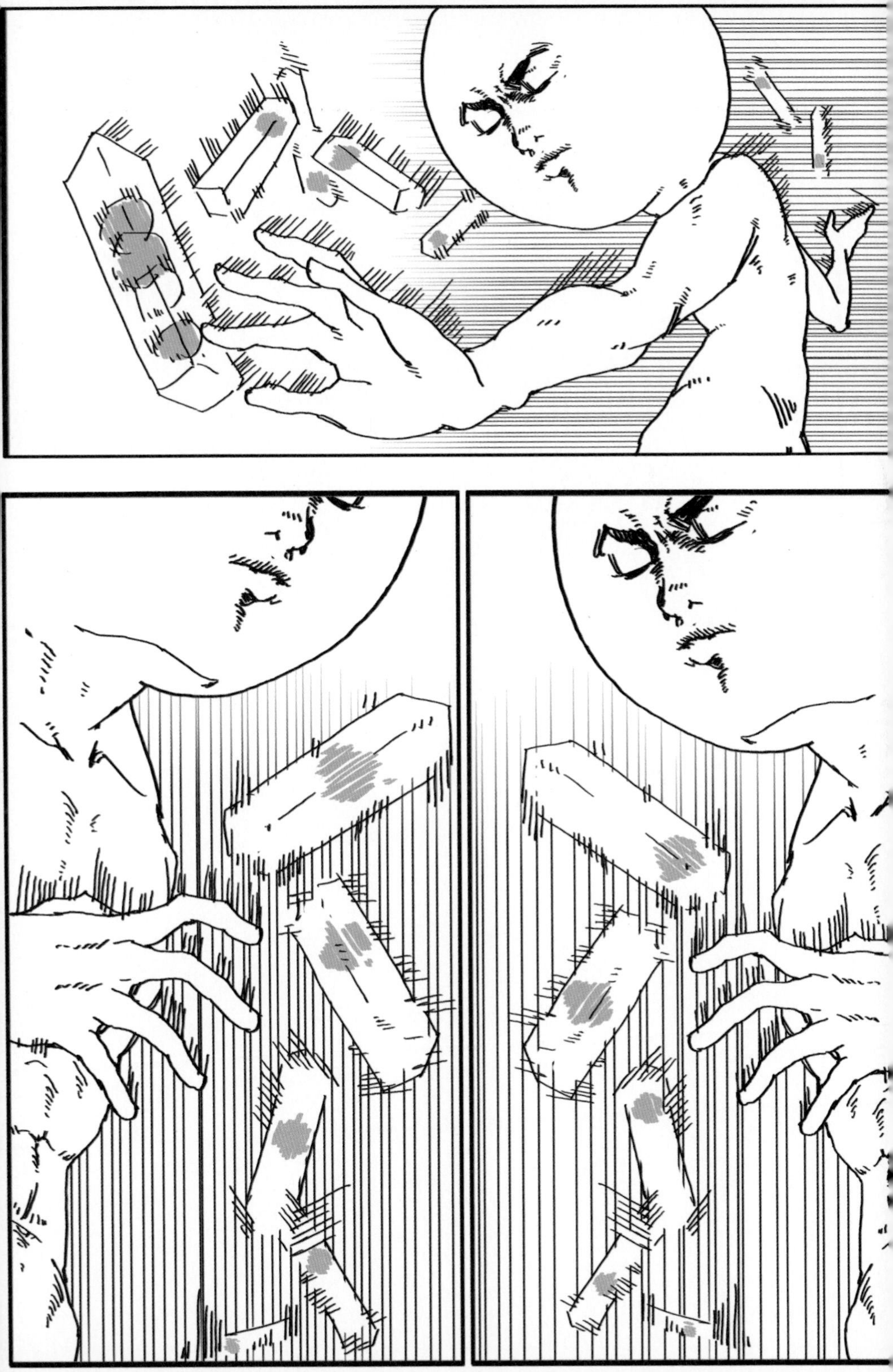

——總是拿得很辛苦呢！

 END

Chapter. 鮮一代設計展

我好討厭倚老賣老、名實不符，還坐在很高的位子的那種人。

~~糟糕，這麼寫的同時我自己馬上想到政府跟一堆人。~~

嗯，以上只是說說，而這篇故事也只是虛構而已，不論你是誰、是不是有唸設計科系或被老師主任氣到，都希望你不要做太多的聯想。

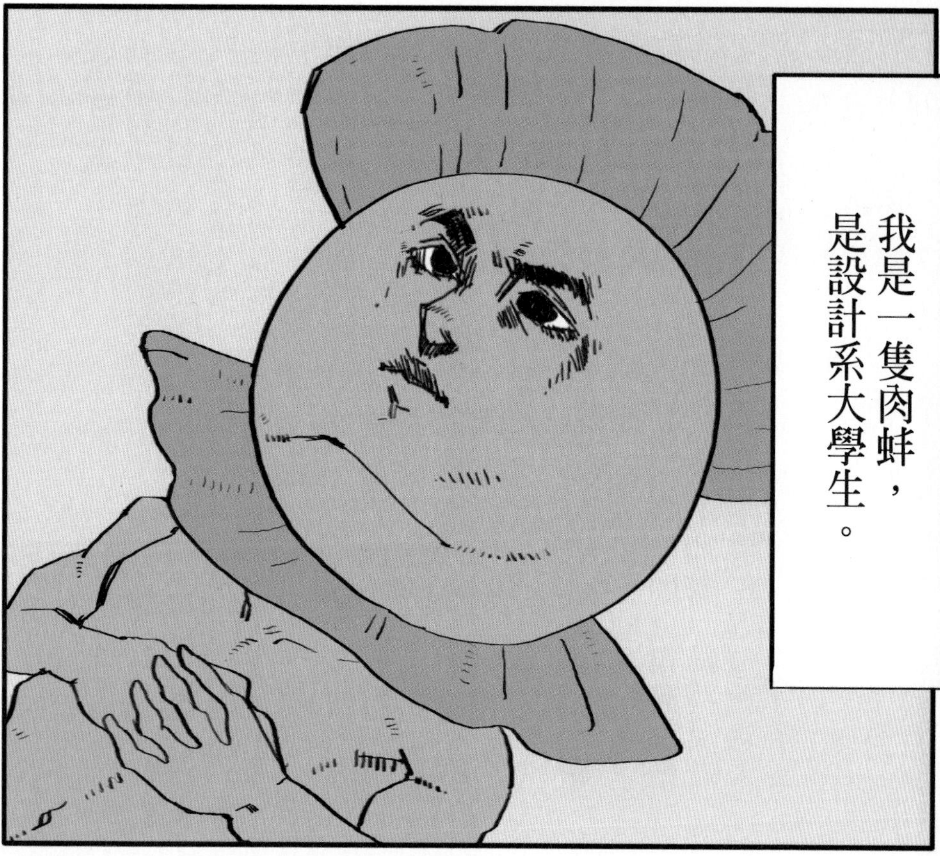
我是一隻肉蚌，
是設計系大學生。

鮮一代設計展——

每年在漱貿中心舉辦的展覽。為期3～5日，全國許多大學設計科系的畢業成果展，往往都可在此看到。更有些科系直接設立了「須參與鮮一代設計展」作為畢業門檻的規定。

雖然展覽的相關新聞、比賽能讓作品有更多曝光機會，也有學生在期間就得到工作邀約，但場地費、科系曝光問題等似乎也在近年讓越來越多學生思考「是否有參展鮮一代的必要性」。

華岡 信次
大學 數位多媒體設計系
系主任 (51)
請進。
藤澤同學，有什麼……
……事嗎？
數位多媒體設計系
第17屆畢業成果
反對鮮一代參展、
支持另尋場地 自行
連署書
——這是什麼呢？
本系包含我在內的應屆畢業生，共四十份連署書。

我們不打算去這個平均每人還要先繳兩萬參展費的展覽，自己的畢業展，我們會自己找場地辦。
以上是這屆畢業生全體同意的結論，由總召我藤澤海人向主任您報告。
藤澤 海人
肉蚌（22）
數位多媒體設計系 學生

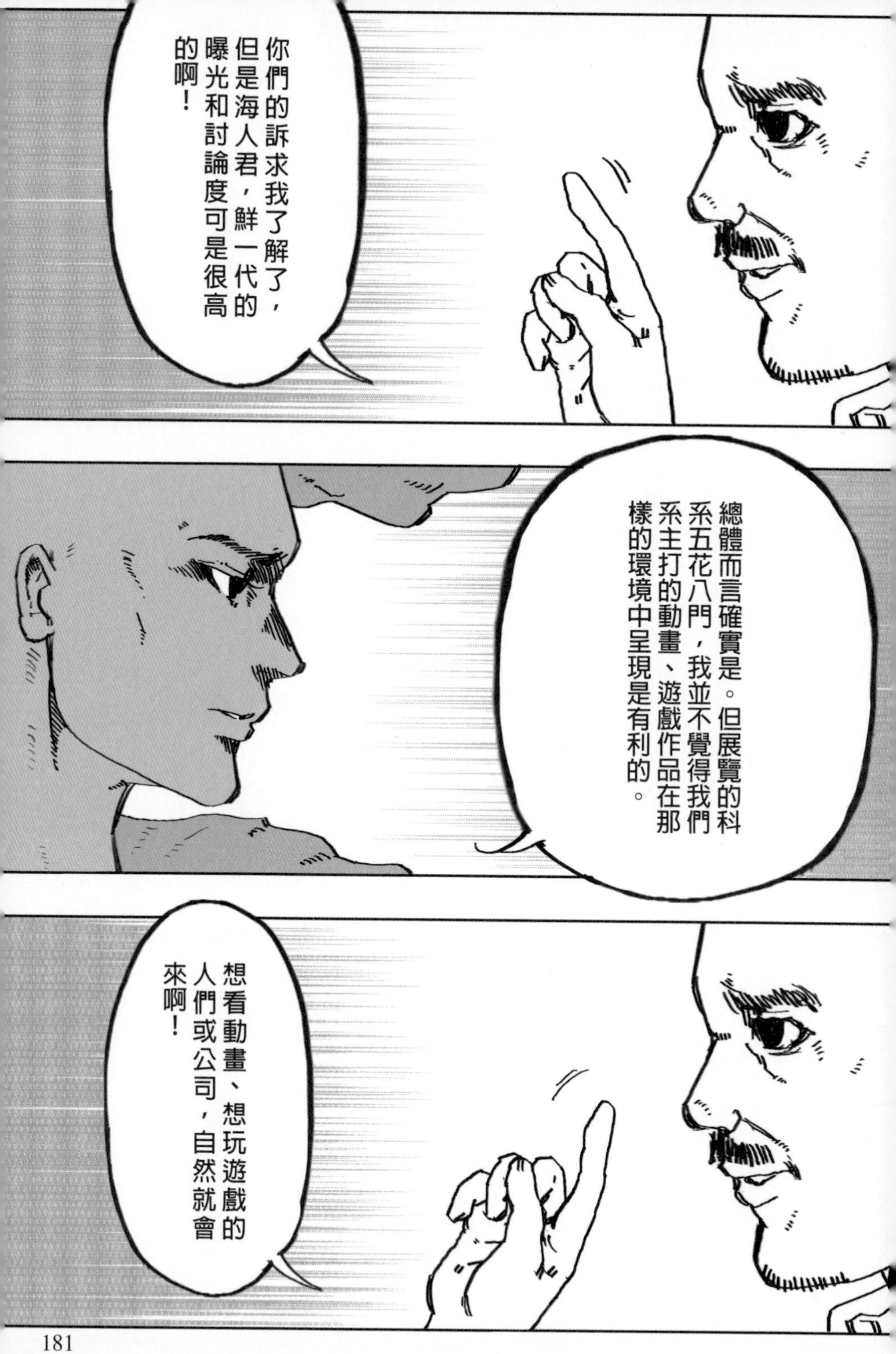
你們的訴求我了解了，但是海人君，鮮一代的曝光和討論度可是很高的啊！
總體而言確實是。但展覽的科系五花八門，我並不覺得我們系主打的動畫、遊戲作品在那樣的環境中呈現是有利的。
想看動畫、想玩遊戲的人們或公司，自然就會來啊！

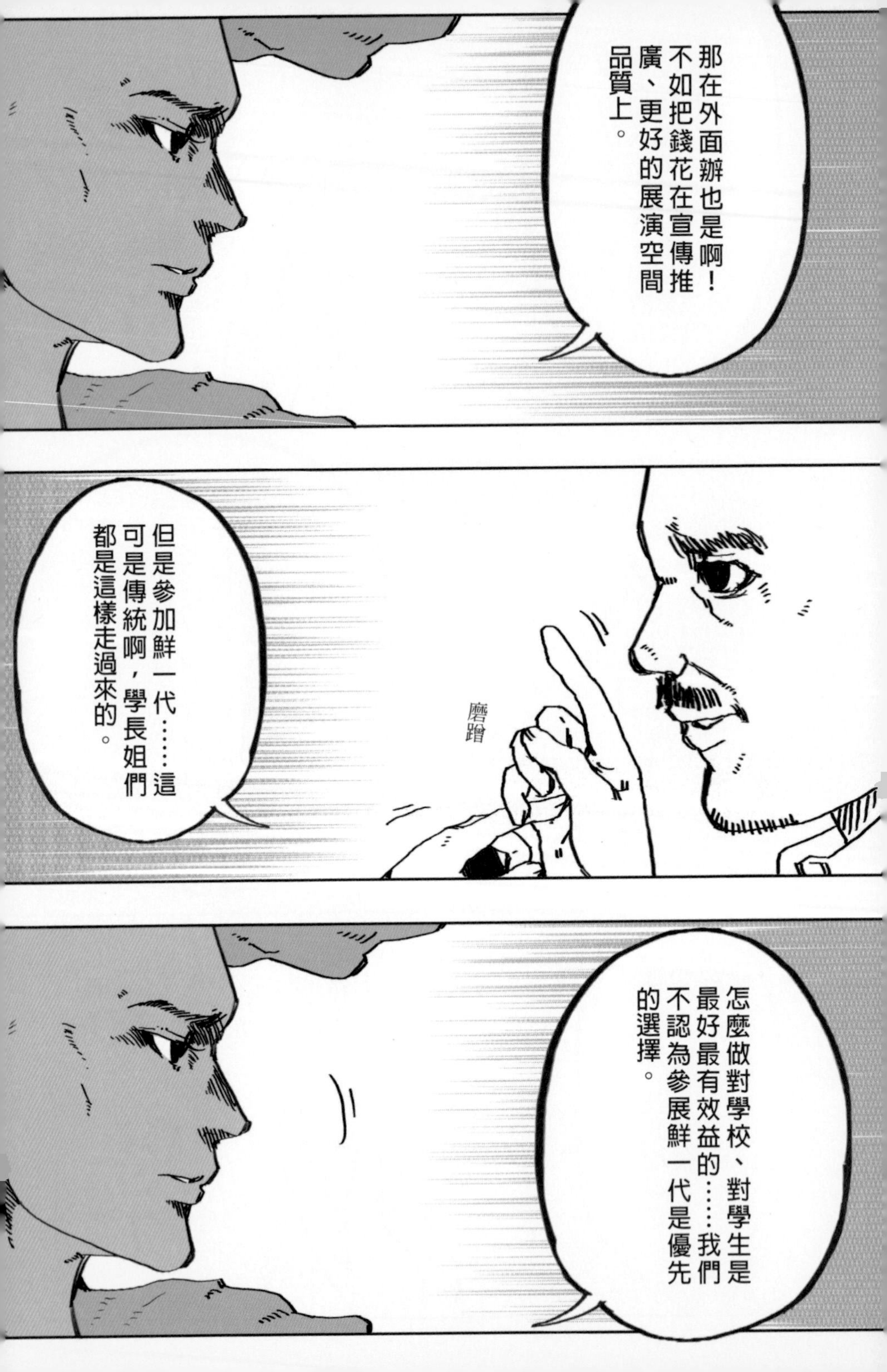
那在外面辦也是啊！不如把錢花在宣傳推廣、更好的展演空間品質上。
但是參加鮮一代……這可是傳統啊，學長姐們都是這樣走過來的。
磨蹭
怎麼做對學校、對學生是最好最有效益的……我們不認為參展鮮一代是優先的選擇。

嗶……………………進入語音信箱~~~~~~~~~~~~~~~~~~
主任……
好辣……我說藤澤君，尼講抖我全都懂惹。
撥弄
嘴唇

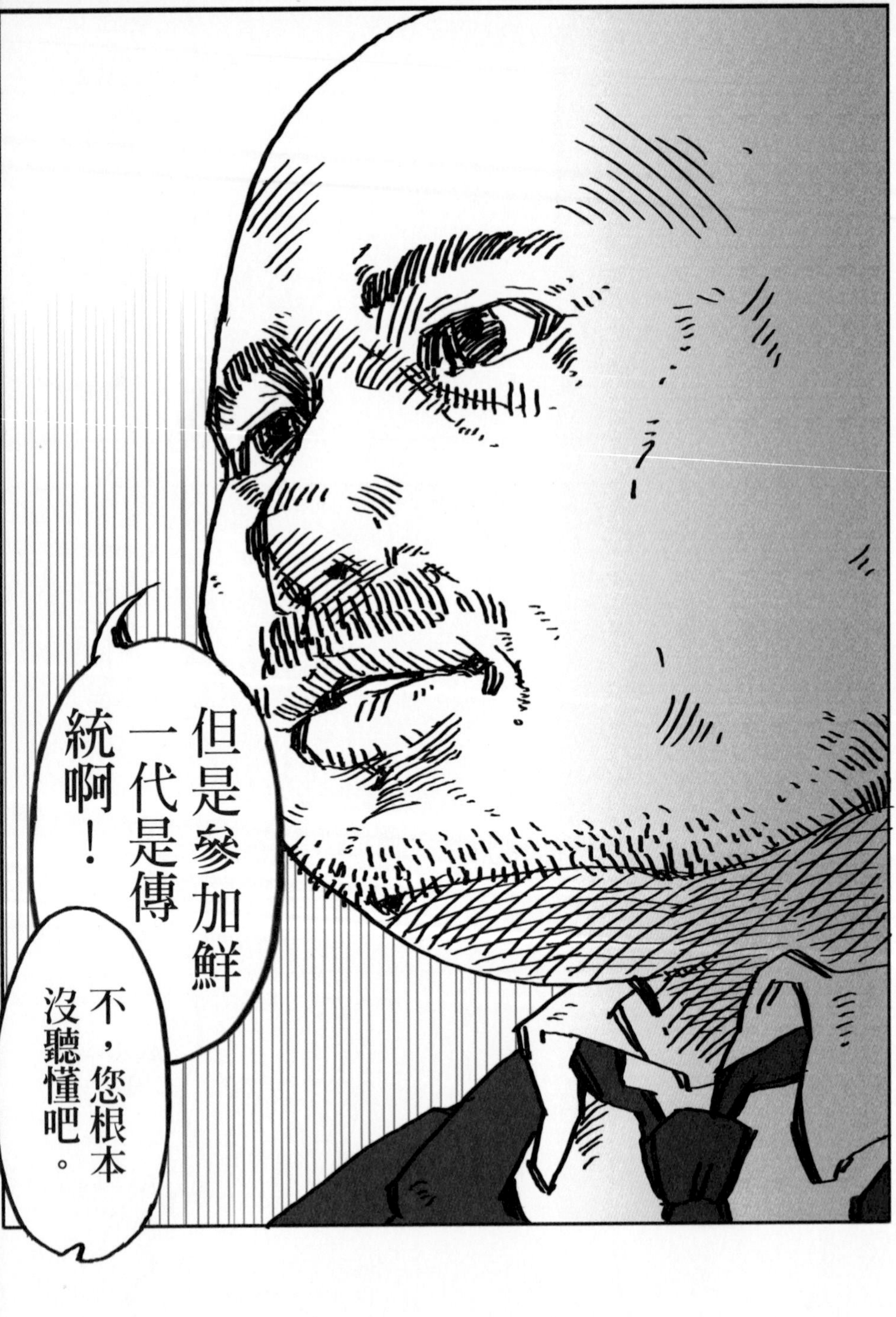
但是參加鮮一代是傳統啊！
不，您根本沒聽懂吧。

一小時後
藤澤君，已經進去一個小時了。
佐伯 沙耶花枝（21）
要相信藤澤君啊！現在就差主任這關……
石川 幸村海星（21）
咚咚
藤澤君……談的結果如……
何……

藤澤……君？
鮮一代 哈呼
最喜歡鮮一代 好蚌好棒
尊重專業 承襲傳統
祖宗之法不可滅 喵～
他變成蚵仔了？
藤澤君，振作一點，只是變成蚵仔而已！
不行，變成蚵仔就算沒有戰力了……究竟是受到什麼精神打擊變成這樣……
吶，北村，我們下一步該怎麼……
革命吧！

北村 良助
螃蟹（21）
就是有這種令人費解的上位者呢……遺憾！我們就去參加鮮一代吧。
當然，我們要在鮮一代展場上……

華麗地
最後的
大鬧一場……！

本作品與現實人物、學校、
展覽一概無關，如有雷同，
應該純屬巧合。

前面的故事曾多次提到我開始關注一些議題，當我提醒自己去檢視事件時，要試著從系統、整體結構去切入。
（好像太晚開始了，嘖！）

但每次這樣思索沒兩下就會覺得自己的知識貧乏到可悲的程度，即便想繼續探討但也無力了。

然後就去做些會讓人開心或自己該認眞做的事了。

不知道這塊土地上有多少人也是這樣呢？

光是生存或生活也許已經讓很多人身心疲憊了。

啊……腦子好亂。

END

Menu. 番茄炒蛋Ⅲ

佐伯 展昭
花枝（27）
非常關心就讀設計科系的妹妹，常常買宵夜去給她吃或幫忙她趕作品。本書中沒有出場，作者會突然在這介紹他，也許只是想分散讀者閱讀到現在已經快壓抑不住的煩躁和負面情緒。

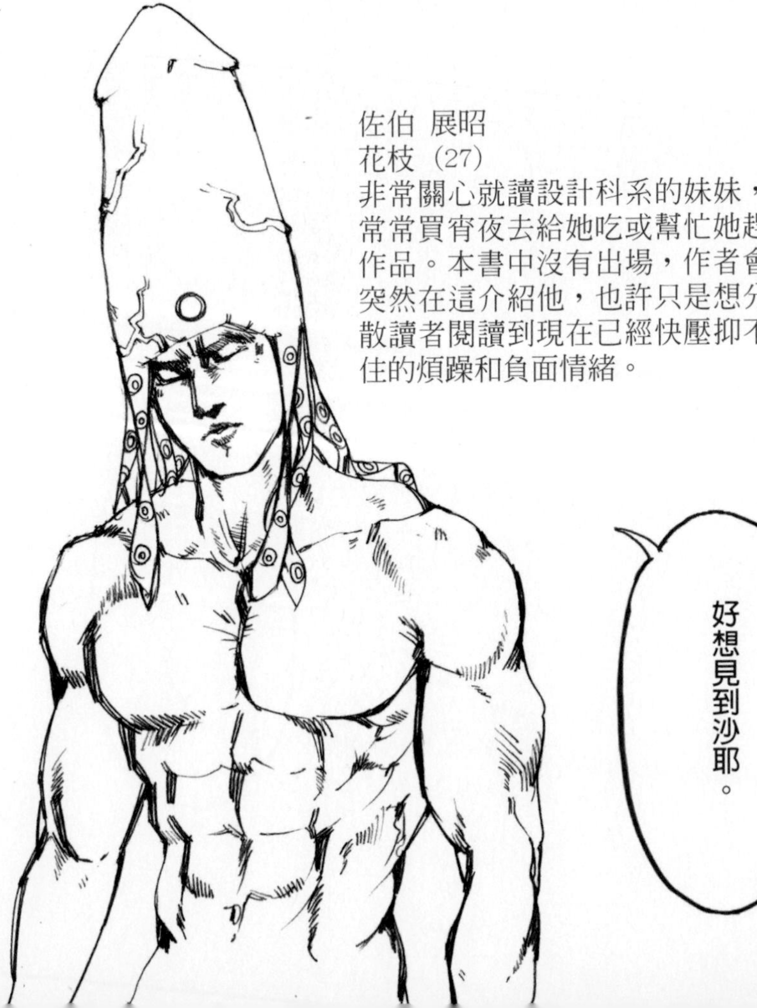

這次……不會再跟你鬧著玩了。前面都只是，暖身而已。

不知不覺，本書也慢慢靠近尾聲了。
請享用吧，這最後的，番茄炒蛋。

首先請準備七……啊，
是八顆番茄、和一顆蛋。

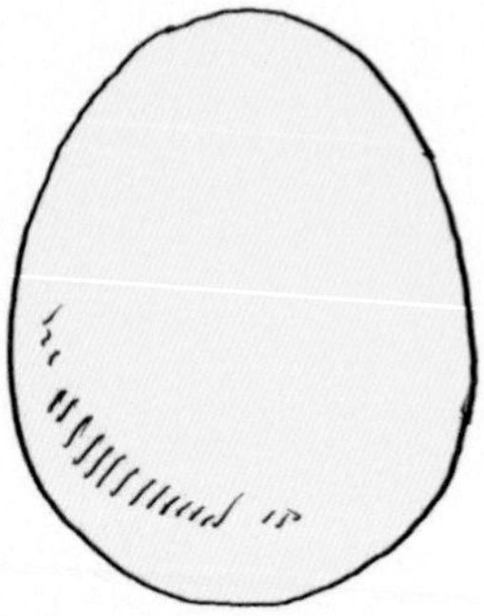

不對，果然是九顆番茄才對呢。請準備九顆番茄。

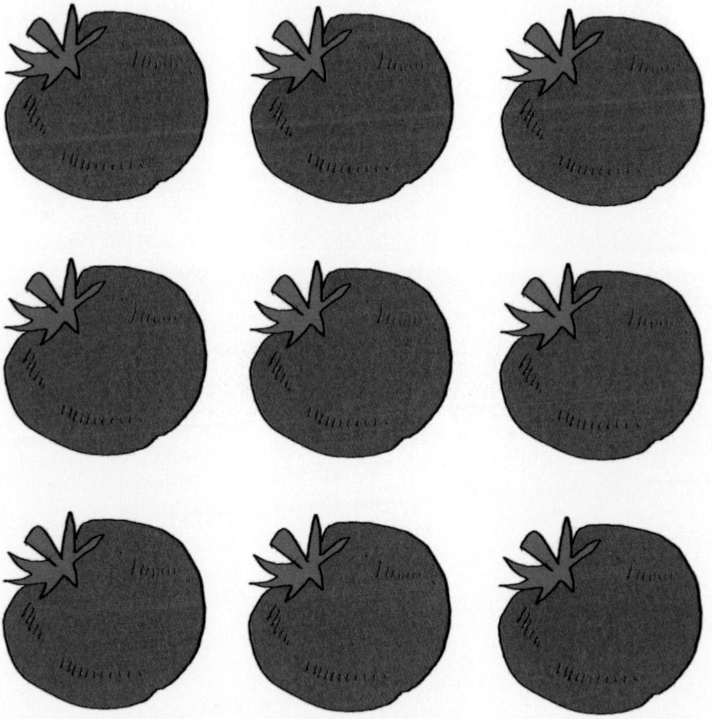

社長，喝茶。
雞蛋君，還是想感謝你長久來為公司的努力。
——不過呢，
經過公司七人董事會的討論，還是決定……

你明天起不用來上班了。

長宗我部 瓨太
番茄（28）
雖然是長男，外表看起來也很正常，其實卻是個在家會偷偷將妹妹蒼的胸罩戴在頭上cosplay成紅螳螂的變態。

長宗我部 蒼
番茄（24）
雖然早就知道哥哥瓨太會偷戴自己的胸罩在頭上，表面卻裝作不知情的好女孩——才怪。她一直在等待揭穿哥哥的機會來臨好肆無忌憚的索求。
可怕的女人。

長宗我部 趯
番茄（23）
雖然眼神銳利常常嚇到人，其實卻很善良。
一直在期待著哥哥瓨太也能來偷戴自己的胸罩。

長宗我部 礱阠盬
番茄（19）
外表、言行看似輕狂卻是長宗家第一把交椅，非常能幹，但存在感卻非常低。順帶一提，長宗家已經沒有人會唸他的名字了。

長宗我部 阿三
番茄（37）
個性陰鬱、來路不明的長宗家親戚。但不管怎樣，是一位認眞工作的螺絲。

長宗我部 阿明
番茄（56）
公司創始人之一，也是名人的哥哥。有點喜歡姪子珁太。

長宗我部 小美
番茄（16）
專長是「社長，喝茶。」
有點性感的祕書。

長宗我部 名人
番茄（51）
公司的創始人，也是長宗家的一家之主。至於公司到底是做什麼的，作者也不太清楚。

啊都給家族企業玩就好了啊!?

而且這家人的名字爲什麼不是很難念就是很菜市場名呢?……

還有，我是不是多算了一顆番茄!?

次回、……嗯，應該沒有次回了。

 END

Menu. 秋彥與夏實（外傳）

這是秋彥與夏實這對兄妹最早發生的故事。

這則故事其實有點長，我在很久以前完成了一部分，日後也許會將它完整畫完。這裡收錄的是那一部分當中的、一部分。

這是發生在一對年幼兄妹
身上的……故事。
嗯——

朝比奈夏實正在認眞寫作業，她突然肚子有點餓。
朝比奈 夏實
小學生（8）
吃布丁！
蟑、蟑螂……

哥哥！
有蟑螂呀！
有蟑螂呀！
哥……
哥！

沒事吧……
夏實。
朝比奈 秋彥
中學生（12）
哥哥！
……

嗯，這麼一來就、弄乾淨了呢。
以後又有什麼髒東西想接近或傷害夏實的話，我會處理的。
哥哥……

Chapter. 獅子君（外傳）

這是本書最後一篇故事，好像也是有點難得我爲了故事本身，再繼續畫出的故事。

有點難形容這種感覺，就好像是我自己也想知道，這些角色是不是還發生、經歷了什麼。

嗯，這樣形容應該接近我想表達的感覺了。

速水 道三
享年 五十六歲
長眠於此

速水 道三
享年 五十六歲
長眠於此
請問，您是先父的友人嗎？
……

啊，抱歉。
速水 櫻
刺蝟（19）
因為看您站在先父墳前
……我叫速水櫻。
……

……我好歹也是隻獅子，
和獵物成為忘年之交什麼的……沒可能吧。
只是對一隻刺蝟能活到五十六歲感到有點稀奇，如此而已。
如果是我盯上的獵物，我才不會讓他苟延殘喘這麼久呢……

那個……獅子先生，

……請等等。
不、不嫌棄的話，
下次請和我對弈一局吧！
……什麼啊？
……

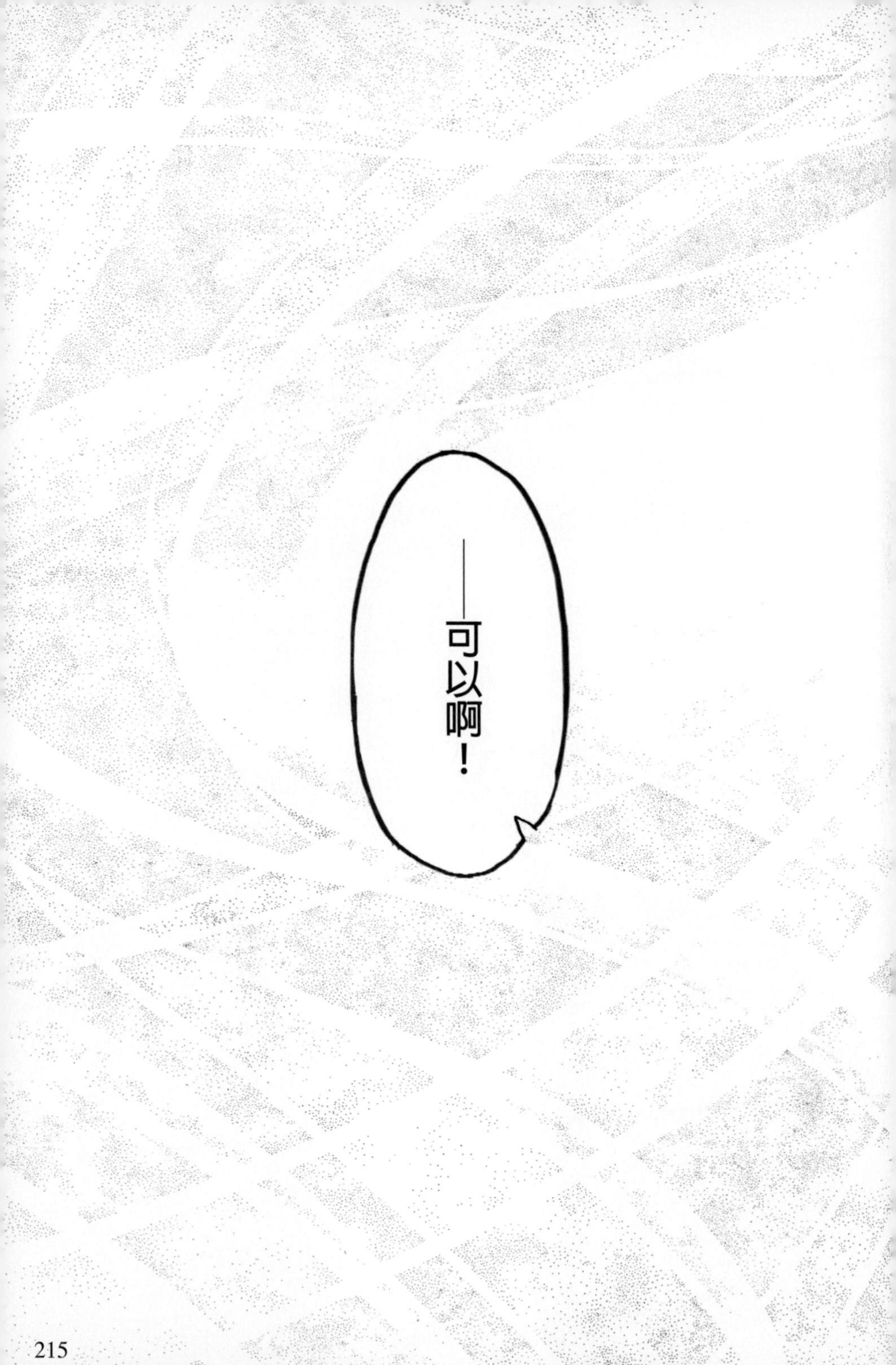
——可以啊！

——那我就讓妳十子，還有讓妳持黑子先攻吧。

……什……
什、什麼呀！那種超瞧不起人的讓法是哪裡來的！
哈哈哈，是我跟教我下棋的人學的。
你……你的老師一定也是個惡劣的人！
……
速水 道三
享年 五十六歲
長眠於此

很久以前構想這一回時，本來加了很多獅子君內心的獨白。

但在好久以後眞的開始作畫時，突然覺得把這位從初遇老師、現在已經長大成熟的角色，內心刻劃得那麼清楚明白好像有點不必要。

所以我只讓他簡短地講了一些話。

謝謝閱讀到這裡的你，我希望在你看的過程中有所共鳴，如果沒有的話也……沒關係，我會繼續創作下去，期望此時與未來的某些故事，能有機會再連繫起我們。謝謝你。

END

山本恩重如山本恩
やま もと おん

色無界 1

作者　山本恩
封面設計　山本恩、Sting Chen
視覺設計　Sting Chen
總編輯　顏少鵬
發行人　顧瑞雲
出版者　方寸文創事業有限公司
地址：臺北市 106 大安區忠孝東路四段 221 號 10 樓之 106
電話：（02）2775-1983
傳真：（02）8771-0677
客服信箱：ifangcun@gmail.com
官方網站：方寸之間 ifangcun.blogspot.tw
FB 粉絲團：方寸之間 www.facebook.com/ifangcun
印務協力　蔡慧華
印刷廠　和楹彩色印刷股份有限公司
總經銷　時報文化出版企業股份有限公司
地址：桃園市 333 龜山區萬壽路二段 351 號
電話：（02）2306-6842
ISBN　978-986-92003-1-8
初版一刷　二〇一五年九月
定價　新臺幣二八〇元

國家圖書館出版品預行編目（CIP）資料
山本恩重如山本恩／山本恩著／初版／臺北市：方寸文創，2015.09
224 面；21X14.8 公分（色無界系列；1）
ISBN 978-986-92003-1-8（平裝）

855　　104017364

方寸文創

This is倒數第五頁的隔壁頁。

This is 倒數第五頁的隔壁頁的背面。

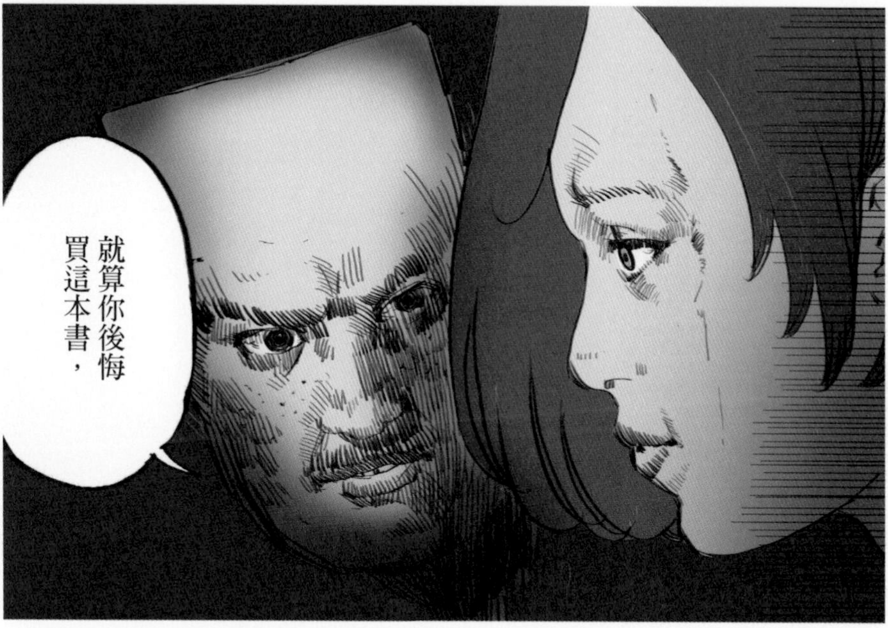
就算你後悔
買這本書，

也已經太遲了哦。